Mit finanzieller Unterstützung der
Sparkassen-Kulturstiftung Hessen-Thüringen
in Frankfurt am Main

Nagelprobe 25

Preisgekrönte Texte des Wettbewerbs
Junges Literaturforum Hessen-Thüringen

Herausgegeben vom Hessischen Ministerium
für Wissenschaft und Kunst

Weitere Informationen über den Verlag und sein Programm unter:
www.allitera.de

Bibliografische Information der Deutschen Bibliothek

Die Deutsche Bibliothek verzeichnet diese Publikation
in der Deutschen Nationalbibliografie;
detaillierte bibliografische Daten
sind im Internet über <http://dnb.ddb.de> abrufbar.

Mai 2008
Allitera Verlag
Ein Verlag der Buch&media GmbH, München
© 2008 für die Anthologie: Buch&media GmbH, München
© 2008 für die Einzelbeiträge
beim Hessischen Ministerium für Wissenschaft und Kunst
Umschlaggestaltung: Kay Fretwurst unter Verwendung eines Motivs
von Bettina Hermann
Herstellung: Books on Demand GmbH, Norderstedt
Printed in Germany · ISBN 978-3-86520-313-7

Nagelprobe 25

Vorwort

Preisrede

An meinem Studienort Jena spazierte auf einem der belebtesten Plätze dort, dem Holzmarkt, öfter ein alter Herr mit Gehrock, Schirm und Melone. Unvermittelt grüßte er, den Hut lüftend, die Vorübergehenden: »Habe die Ehre!« Die Jenenser kannten das und nahmen es gelassen hin, nur Touristen wunderten sich.

Heute bin ich in einer ähnlichen Situation. Viel älter als mein Publikum, zwar ohne Melone, aber mit der Anweisung zweier Ministerien: Ich habe die Ehre, die Preisträger des diesjährigen Literaturforums zu würdigen – die Ehre und auch die Freude! In den vielen Jahren, die dieser Wettbewerb nun läuft, hat je ein Mitglied der Jury die Preisrede zu halten, das Fazit aus unserer Arbeit zu ziehen, die Besten zu loben.

Nichts tue ich lieber, denn in den Wochen der kritischen Lektüre aller Einsendungen kommen immer wieder die Zweifel: Ist denn diesmal nur Schrott dabei, nur weinerliche Ergüsse über unerfüllte Liebessehnsucht, nur schauerliches Gestümper? Ungereimtes Gereimtes, Traktate zum Thema »Die Leiden einer einsamen Seele an der Schlechtigkeit der Welt«?

Aber dann endlich – ein starker Satz, ein originelles Bild, eine witzige Pointe. Da erwartet einer (in der Geschichte *Karl*), dass sein Kollege Gregor eventuell doch »metamorphiert« zum Ungeziefer – »Hätte ja sein können bei der Namensverwandtshaft.« Einer schreibt dem Petitionsausschuss des Landtags: »Erbitte Ostseestrand in Thüringen« (*Es war*). Und in der Geschichte *Stadtbild* »tragen auch die Autos Kopftücher«.

Schon atmet die Jury auf, bestehend aus den Hessen Martina Dreisbach, Renate Wiggershaus, Martin Lüdke und den Thüringern Matthias Biskupek, Martin Straub und mir. Der Streit bricht los um den besser formulierten, um den intensiver beobachteten Beitrag, um die gelungenste Darstellung eines Konflikts.

Ja, das ist wirklich erstaunlich, wie viele Probleme Eingang gefunden haben in die ausgewählten Arbeiten dieses Jahrgangs. Der Reflex auf Gewalterlebnisse (*Zähne ziehen*), Fragen der Integration und der Illegalität, die Belastungen im Umgang mit Demenzkranken. Erfahrungen der Einsamkeit an Festtagen (*Weihnachten*) und in der Familie (*Küsse*). Wie es bei jungen Autoren nicht anders zu erwarten ist, sind Beziehungsfragen, Freundschaften und Krisen ein Schwerpunkt dieser Nagelprobe. Und das in erfreulicher Vielfalt. Ob *Im Bett* oder *Nach dem Sex mit Vicky*, ob mit »David in Boxershorts« (*Von Mutter zu Tochter*) oder auf dem Trip nach Australien (*Ich bin so frei*).

Natürlich werden nicht die Themen bewertet, sondern ihre Gestaltung. Die Genauigkeit der Beobachtung, die Beschreibung einer Stimmung (*In der Nähe vom Stadthafen*) oder eines Zustands, zum Beispiel einer Schwerkranken (*Krista*), der Verlauf einer Obsession (*Weg*). Sie werden das ja gleich an einigen Proben selbst erleben und uns recht geben: Unser »Material« war erfreulich gut, sei die »Bearbeitung« manchmal noch verbesserungsfähig, aber vielversprechend. Alle diese »Satzzeichen eines vergangenen Gesprächs« sind Versuche, sich mit dem Mittel der Sprache über unsere Welt klar zu werden, die »weder ganz noch kaputt« ist, kein »Begnügungspark« und »kein Vergnügungspark«, sondern eine Lebensaufgabe.

Das gelingt, glaubt man den Umfragen, den jungen Leuten recht wenig. Schaut man aber auf die vielen Beiträge in den vergangenen Nagelproben wie auch in die der heutigen, so muss man nicht verzweifeln. In einer Zeit, die so viel Ablenkung und so viele Zerstreuungen bietet, sehen sich 16- bis 25-Jährige zum Niederschreiben ihrer Gedanken und Erlebnisse gedrängt, schwören sie sich, »... noch eher zu sterben, als nicht ein Leben lang Gedichte zu schreiben«. Nun, selbst wenn dieser Schwur wie so manche andere gebrochen werden sollte, der kreative Impuls könnte immer wieder zum Ausbruch kommen. Die Reflektion mit dem Mittel der Sprache kann zum Therapeutikum werden. In den gerade entzifferten Notizbüchern Bertolt Brechts – Heftchen, die er stets mit sich trug – findet sich der Satz: »Die beste Medizin ist Arbeit. Und selbst, als ich vor der Gestapo floh, habe ich nie meine tägliche Arbeit versäumt.«

Auch wenn wir keinen künftigen Brecht unter unseren Preisträgern garantieren können, »ein redliches Bemühen in deutschen Versen« (Johannes Bobrowski) muss ihnen zugestanden werden. Ihnen eine Zukunft zu prophezeien ist vielleicht zu früh, sich mit ihnen an der Gegenwart zu freuen, genügt uns für heute. Es wird die beiden Länderministerien, das hessische und das thüringische, bestärken in ihren Bemühungen um noch viele Wettbewerbe dieser Art.

Wenn man nach einem Schirmherrn für sie Ausschau halten müsste, so käme nur der Wahl-Weimarer aus Frankfurt infrage. An dem Ort in Thüringen, an dem ich vor fünfzig Jahren Abitur an der Goetheschule machte, schrieb er einen Akt seiner großartigen »Iphigenie« – »sereno die quieta mente«, wie seine Annalen vermerken. Freilich wusste er auch: »Der König Thoas soll reden, als wenn kein Strumpfwirker in Apolda hungerte.«

Stellen Sie sich beiden: den Problemen der Zeit und den Hoffnungen und Plänen Ihrer eigenen Zukunft – aufgeschlossen und kreativ!

Antonia Günther

Hauptpreise

Markus Simon

ABER WAS KOMMT, WAS KOMMT
nach dem abbau unserer landschaft?
du: der bezirk meiner trauer.
du sagst, *die nacht*
muss das blatt wenden
und sonst, ja und sonst.
du sagst, wir müssten
viele leben führen
und sonst, ja und sonst.
du sagst, es gibt *100 himmel,*
die darüber stehen,
einer ist für uns, den rest
können wir später betrauern.

Markus Simon, 1983 in Offenbach am Main geboren, studiert Theater-, Film- und Medienwissenschaften in Wien. Bisherige Veröffentlichungen: Beiträge in »Nagelprobe 22« (2005), »Nagelprobe 24« (2007) und »L. – Der Literaturbote« (Nr. 87).

Sebastian Dorn

Karl

Als Karl Breitbach nach einer ruhigen Nacht erwacht, stellt er fest, dass sein Tag normal beginnt. Er setzt sich auf die Bettkante, stützt sich erst auf den linken, dann auch auf den rechten Fuß und steht auf. Den Vorhang streift er raschelnd zur Seite und der knatternd hochgezogene Rollladen gibt nun den ersten Blick auf den Tag frei. Die Straße sieht vom Fenster leer aus, es ist noch dunkel. Ein paar herumwabernde Nebelschwaden wären schön, aber es sind keine zu sehen.
Und überhaupt ist nichts Besonderes los, schade.

Im Bad winkt Karl seinem Spiegelbild zu, es winkt gespiegelt zurück, gleichzeitig und zeitgleich. Er geht einen Schritt näher und sieht seinem Spiegelbild tief in die Augen. Es benimmt sich normal und entwickelt kein Eigenleben. Enttäuscht geht Karl unter die Dusche. Keine Vorkommnisse. Ebenso unspektakulär verläuft das Frühstück. Die Kirschmarmelade verhält sich absolut passiv.
Karl steht an der Haustür und schließt ab, sein Rucksack lehnt neben ihm an der Wand. In seiner Fantasie schnappt der Rucksack mit seinem Reißverschlussmaul nach seiner Hand. Ähnlich einer wütenden Dogge. Er berührt sachte den synthetischen Stoff und streichelt einmal darüber. Der Rucksack regt sich nicht. Karl seufzt gelangweilt. »Ist vielleicht besser so.«

An der S-Bahn-Station steht neben ihm eine dunkel gekleidete Dame im Schatten des Wartehäuschens. »Vielleicht ein Vampir?«, denkt sich Karl. In dem Moment verlässt sie das geheimnisvolle Dunkel und Sonnenstrahlen fallen ihr ins Gesicht. »Wohl doch nicht«, sieht Karl ein. Seine Bahn fährt ein, hält quietschend an und er betritt den Waggon. »Wie im Magen einer gigantischen Schlange«, denkt er sich noch. Dann setzt die Schlange ratternd und knatternd ihre Reise fort. Auf der Arbeit stellt er ernüchtert fest, dass der Aktenschrank immer noch keine Anstalten zeigt, den Kopierer zu fressen. Mit konzentriert verkniffenen Augen beobachtet Karl den Aktenschrank. Keine Reaktion, nicht das kleinste Wackeln mit der Schublade. »Na gut«, murmelt Karl und zuckt die Schultern. Er setzt sich auf seinen Bürostuhl und dreht sich ein wenig. Einmal, zweimal, dreimal. Das reicht. Ihm ist schwindlig, aber der Raum sieht aus wie zuvor. Unauffällig lunzt er zu seinem Kollegen Gregor. Dieser metamorphiert immer noch nicht zu einem ungeheuren Ungeziefer. »Hätte ja sein können, bei der Namensverwandtschaft.«

Abends vor dem Spiegel wirft er ab und zu einen Blick über seine Schulter, könnte ja sein, dass ein Wesen hinter ihm steht, das nicht gespiegelt wird. Karl hat auch seine eigene Theorie zu Spiegeln: Spiegel zeigen bloß eine gespiegelte Parallelwelt. Eigentlich kann man gar nicht sagen, wer gespiegelt ist, ob die oder wir? Bevor Karl sich unter die Bettdecke kuschelt und den Kopf ins Kissen gräbt, späht er unter das Bett. Kein Monster dort, das ihn, wenn er vor dem Bett steht oder sein Arm im Schlaf herunterhängt, packt und zu sich zerrt. Karl ist diesmal erleichtert, ja froh.

»Bis morgen dann«, denkt er sich noch, »Mal sehen, ob etwas passiert. Ich glaube morgen traut sich der Aktenschrank, bestimmt. Hm … traut ist ja doppeldeutig. Mit wem könnte er sich denn trauen … mit dem Wasserspender? Ob sie mich zur Hochzeit einladen? Oh Gott, vielleicht werde ich Trauzeuge!« Karl schläft ein.

»Gute Nacht«, säuselt ihm die Nachttischlampe zu.

Sebastian Dorn, 1988 in Frankfurt/Main-Höchst geboren, ist Abiturient an der Albert-Einstein-Schule in Schwalbach am Taunus.

Clara Ehrenwerth

Nach dem Sex mit Vicky

Nach dem Sex mit Vicky geht der Spaß erst richtig los: So spurlos und fachmännisch wie möglich muss das Kondom an einen Ort manövriert werden, an dem es ungestört der Rumkleckerei frönen kann, vorzugsweise also in eine Plastiktüte, auf jeden Fall schnell weg vom schwarzen Laken, auf dem Vicky keine weißen Schmierspuren wünscht, schon schlimm genug, dass da beim Rauchen manchmal Asche drauf fällt. Nach dem Sex mit Vicky aber bleibt keine Zeit für Zigaretten, da wird die Küchenpapierrolle zwecks Reinigung aller am vorhergehenden Geschehen beteiligten Körperteile geholt, müssen die benutzten Tücher in die schon das Kondom beherbergende Plastiktüte am Fußende des Bettes verstaut werden, fängt Vicky an, auf dem Boden verstreute Kleidungsstücke und Bücher in Wäschekorb und Regal zu packen, schleudere ich den auf dem Schreibtisch gedankenverloren vor sich hin stinkenden Blumenstrauß zu Kondom und Küchenpapier, wobei mir auffällt, wie viel nach sofortiger Beseitigung schreiender Staub sich schon wieder auf dem Fensterbrett breitgemacht hat, und zudem bemerken muss, wie dreckig die Fenster schon wieder sind, während Vicky gerade mit einem Besen die Spinnweben aus den Deckenecken holt und so geht das weiter und weiter, bis Vicky – noch immer nackt – den Staubsauger ausschaltet und sich von mir unter die Dusche tragen lässt, ein Arm in ihren Kniekehlen, den anderen am Rücken, und später sitzen wir in der wohlriechend-weichen Haut der frisch Entschäumten nebeneinander auf dem Badewannenrand, die Handtücher fröhlich um die feuchten Haare geschlungen, und säubern die Füße vom bösen Unterm-Nagel-Dreck.

Nach dem Sex mit Vicky kochen wir, jeden Tag ein neues Gericht. In den vier Kochbüchern, die wir besitzen, habe ich die Rezepte von 1 bis 1704 durchnummeriert. Morgens schreibt Vicky, bevor sie geht, eine dieser Zahlen auf einen Zettel, am späten Nachmittag gehe ich dementsprechend einkaufen.

Wir haben herausgefunden, dass derartig sanfte, selbst auferlegte Zwänge das Leben häufig bereichern und für Überraschungen – positive und negative – sorgen. Manchmal bedauere ich trotzdem, dass auf keiner der Kochbuchseiten »Gehen Sie zu Ali Baba und kaufen Sie zwei Döner« steht, zum Beispiel, wenn ich im Winter Weintrauben für 3,50 Euro kaufen oder Thunfisch essen oder mit hungrigen Augen einem Stück Fleisch bei seiner dreistündigen Bratzeit zuschauen muss. Aber wenn Vicky mir später gegenübersitzt und beim Anpusten des ersten Bissens viel süßer und glücklicher aussieht als all die hippen, gesunden und mit witzigem Gemüse posierenden Leute in unseren Trendkochbüchern, und ich ihr mit dem zum Gericht empfohlenen Wein zuproste, können Ali Baba, Aladin und Achmet Bistro einpacken.

Nach dem Sex mit Vicky gehen wir manchmal noch auf Partys, auf denen Mädchengruppen mit kongruenten Wirklichkeitsentwürfen und Pferdeschwänzen auf Matratzenrändern schneidersitzen und sich nicht trauen, mir durch die perfekt frisierten schwarzen Haare zu wuscheln, obwohl das für gewöhnlich das Erste ist, was ihnen zum Thema »Was man mit Jungs so machen kann« in den Sinn kommt.
Nach dem Sex mit Vicky brauchen wir keine Bestätigungen mehr, wir lehnen uns nebeneinander an den Küchentresen, beschweren uns süffisant grinsend über die Musik und küssen uns nicht, halten uns nur drei oder vier Mal kurz und heimlich an den Händen und streuen nebenbei Taschenformatweisheiten in die großen Augen der Mädchen und Taschenformatwitze über die sich schüttelnden Wuschelhaare der Jungs. Vicky lächelt das Lächeln eines Mädchens, das weiß, dass es von allen begehrt wird, ich wische mir den Seitenscheitel aus dem Gesicht wie ein Junge, der weiß, dass er die coolste Sau der Party ist.
Wir gehen, wenn der erste Junge beginnt, den Lippenstiftmund eines Mädchens zu verschmieren und bevor uns jemand eine Telefonnummer abverlangt. Im Treppenhaus springt Vicky auf meinen Rücken und lässt sich von mir auf die Straße tragen, streift mit der Nase über meinen Nacken, der vom Partygestank unberührt geblieben ist.

Nach dem Sex mit Vicky spielen wir Minesweeper, um die Wette. Vicky schafft die Profi-Variante in 82 Sekunden und ich werde und werde nicht besser als dreimal so langsam, obwohl ich die Nachmittage durchtrainiere, Minesweeper ist Sport, ist mein Gehirn-auf-Standby-Instant-Pulver, Vicky ist das Gegenteil für den Abend. Meine Vormittage sind einvernehmlich eineiig und heißen mit vollem Namen Tick Trick Track Alf Bill Cosby Gute Nacht John Boy. Nachmittags habe ich so lange Angst zu verdummen, bis ich beginne, Minesweeper zu spielen, Minesweeper rettet vor jeder Belastung außer Sucht und Druck, Minesweeper, marry me, denke ich, wenn es dunkel wird, und gehe erschrocken einkaufen. Später kommt Vicky nach Hause und unterbietet, während ich Wasser für die Nudeln aufsetze, meinen Tagesrekord bereits beim ersten Versuch um mindestens fünfzig Sekunden.

Nach dem Sex mit Vicky geht der Tag nicht richtig los. Wir bleiben im Bett, weil Sonntag ist, aus dem Radio ertönt Musik der Marke »stimmungsvoll«, die Sonne scheint auf Vickys Rücken, während wir uns etwas vorlesen. Ich habe die Bücher im Regal mithilfe eines komplizierten Losverfahrens in eine zufällige Anordnung gebracht, jetzt lesen wir sie einfach der Reihe nach durch, um nicht nach jeder letzten Seite überlegen zu müssen. Wir überraschen uns jede Woche neu damit, dass wir uns das Frühstück ans Bett holen. Später gucken wir einen tschechischen Märchenfilm oder irgendeinen anderen alten Schinken auf einem dritten Programm, essen die Reste der vergangenen Woche, weil die Rezepte ja meistens für vier Personen sind, schauen noch einen Film, spielen Mensch Ärgere Dich Nicht auf dem Computer und umarmen uns, wenn wir gegen ihn siegen: Nach dem Sex ist vor dem Sex, mit Vicky.

Clara Ehrenwerth, 1987 in Blankenburg/Harz geboren, studiert seit 2007 Kreatives Schreiben und Kulturjournalismus an der Universität Hildesheim. Bisherige Veröffentlichungen: Beiträge in Zeitschriften und Anthologien.

Alice Kerpen

Der Löffel

Er will seine Suppe heute einmal wieder nicht zu Ende essen. Er will lieber eine Zigarette. An meiner Stirn klebt Suppe. In seinem Haar. Draußen scheint die Sonne. Täglich zerdrücke ich mit der Gabel die Kartoffeln, Bohnen, Möhren, den Sellerie. Um seinen Hals hängt das karierte Küchentuch. Er steckt einen Zipfel in den Mund, seine Hände krampfen sich um das Tuch. Ich ziehe es vorsichtig aus dem Mund. »Nicht doch!«, schimpfe ich leise.

Unser täglicher, zäher Dialog. Wir kennen die Regeln beide. Die Speisekammer in seinem Kopf scheint noch schwach erleuchtet. Irgendwo dort stehe ich. Vielleicht trage ich eine Schürze, die grün geblümte oder die rotweiß gestreifte. Im Halbdunkel ist mein Alter schwer zu erkennen. In meinen dünnen Armen halte ich die Kartoffelkiste, um meine Beine streicht die Katze auf der Jagd nach Mäusen. Gut konserviert stehe ich dort in der Ecke seines Kopfes, während hier draußen mein Haar langsam ergraut.

Ich nehme mir immer viel Zeit, um zu kochen. Dosensuppe käme mir nicht auf den Tisch. Ich schäle die Kartoffeln, schnipsle die Bohnen, schwitze in Pflanzenmargarine etwas Mehl an und gieße es mit Brühe auf. Früher habe ich ihm fette Mettwürste mitgekocht, die ich vorher mit der Gabel angestochen habe, jetzt nehme ich kleine Stückchen Speck. Die Zwiebel lasse ich weg.

Den Teller wärme ich vorher im Ofen leicht an. Ich schöpfe Suppe auf den Teller und püriere alles. Dann bringe ich ihm die Mahlzeit zum Esstisch. Um seinen Hals binde ich ein Küchentuch, das ich mit etwas Schnur zu einem Lätzchen umfunktioniert habe. Den Teller schiebe ich vor ihn. Ich lasse ihn eine Weile sitzen. Er starrt abwechselnd die Suppe und mich an. »Was fehlt?«, frage ich. Seine Antwort ist sein Starren. Ich sitze schweigend neben ihm. Nach kurzer Zeit schlägt er mit der flachen Hand auf meinen Arm. Erst dann hole ich einen Löffel.

Ich weiß nicht, an welchem Punkt Zärtlichkeit beginnt. Seine Hand ist warm und sonderbar zart, sie krampft sich um den Löffel, während ich sie zum Mund führe. Als wir zum ersten Mal tanzen gingen, war seine Hand rau und kühl. Aber sie ruhte auf meiner Schulter, wollte nicht mit einem Löffel gelockt werden. Ich empfand ihn nie als zärtlich. Seine Stimme war laut, seine Gesten abgehackt, seine Worte ruppig und sein Wesen wechselhaft.

Ich füttere ihn. Er bestimmt den Rhythmus, heute, morgen, jeden Tag. Er lässt sich schnell ablenken, dann erinnere ich ihn ans Schlucken, daran, den Löffel zu senken oder einen Zug aus seinem Trinkbecher zu nehmen. Ziellos wandert sein Blick durch den Raum und bleibt nur selten auf mir liegen. Früher hat er ab und an eine Frage gestellt, aber vor einigen Monaten hat das aufgehört.
Heute lege ich nach einer Weile den Löffel aus der Hand und betrachte ihn eingehend. »Iss«, sage ich. Er starrt. Seine Hand beginnt rhythmisch auf den Tisch zu schlagen. Fragend öffnet er den Mund, etwas Essen fällt heraus. Ich bewege mich nicht, verfolge nur die Rinnsale, die aus seinen Mundwinkeln laufen. »Iss«, wiederhole ich mit Nachdruck. Ich registriere, dass er nervös wird. Seine Augenlider zucken, das Trommeln wird lauter. Das ganze Gesicht verkrampft, vom verschmierten Doppelkinn bis zur schuppenden Stirn. »Nun iss schon!«, schreie ich, greife nach dem Löffel und lasse ihn in seine Suppe fallen. Es spritzt. Suppe verteilt sich über den Tisch. Mit der zitternden Hand bemüht er sich, sie beiseite zu schieben, und Tropfen fallen auf meine Schürze. Ich schreie angewidert auf, nur um mir kurz darauf die Lippen zu beißen. Schweigend stürze ich zur Küche.

Für einen Augenblick hält er den Löffel mit der linken Hand, dann fällt das Besteck klirrend zu Boden. Suppe rinnt über sein Kinn, während seine Augen sich mit Tränen füllen. Er ruft nach mir, heiser, schluchzend. Im nächsten Moment gellt ein Schrei wie der eines verletzten Tieres durch das Haus. Ich klammere mich mit einer Hand an der Arbeitsplatte fest, mit der anderen am hölzernen Kochlöffel im Suppentopf, bis der Schrei wieder abebbt. Dann mache ich einen weiteren Knoten in jeden meiner Schnürsenkel, greife nach meiner Jacke und verlasse das Haus.

Alice Kerpen, 1984 in Andernach geboren, studiert Diplom-Pädagogik an der Philipps-Universität Marburg. Bisherige Veröffentlichungen: »Und draußen regnet es. Lyrik und Prosa« (2007), Beiträge in »L. – Der Literaturbote« (Nr. 87), »Zeichen und Wunder« (18. Jg., Nr. 49) sowie in »Nagelprobe 19« (2002), »Nagelprobe 21« (2004) und »Nagelprobe 24« (2007). Sie ist Autorin bei der Marburger Lesebühne Late-Night-Lesen.

Peter Neumann

Es war

nicht anders als sonst: die selben
Gespräche über Literatur & Kunst.
Weimar ist nicht Neubrandenburg, obgleich
die Neustrelitzer Straße genau an diesem Pult
endet. Weimar, Frauentorcafé, aber es sind
die selben Gespräche, es ist das gleiche
Licht über den Wörtern –
zwei Glockenschläge von Sankt Marien,
auf dem Kirchplatz haben sie längst
die hohlen Bäume abgeschlagen, wie
der See jetzt wohl atmet und das *weiße* Holz
von den Pfeilern platzt, die Ostsee war weit davon
entfernt, sie ist es noch, die Dünen,
man kann nicht mehr in ihnen wohnen –
Anything goes! die Butter aufs Brot geschmiert,
bleibt das Land eine Jugend, eine Petition
an den Thüringer Landtag: Erbitte
Ostseestrand in Thüringen, für eine Zeit,
später die Antwort: ... Man könne doch nicht ...
Wie sollte man denn ... Das ginge doch wirklich ...
zu weit, und der Atem geht wieder,
wie die Höhe, Behmshöhe im Gegenlicht
der Beckenlandschaft einer Frau
an der Bornholmer Straße,
an der Bornholmer Straße: *Wir fluten!*
Nirgendwo in Ost & West sind deutsche
dichter in berlin, was sich gehört,
und was sich nicht gehört: Eine *weiße* Linie,
die *weiße* Kruste, die Küste entlang Sprottenfischer.
Einen Doppelten, bitte, das gehört sich so,
einen Einfachen bekommt man im Leben nicht –

Es war anders als sonst: Nelken, Piment,
Apfel, Zucker, Salz & Zwiebeln,
fett bestrichen sind die Orte, an denen
eine genaue Beobachtung jeder kunstvollen Beschreibung
trotzt, im Gras, nachtkühl zum Hof hinaus,
am Birnenbaum aus früher Zeit.

Ernst-Abbe-Sportfeld

Niemand wird
    Unter diesem Sternenhimmel
    Vor ihnen bestehen können

Zeichnete man den Sternenhimmel
        Im Grundriss
    Was würde er anderes sein
            Als der nagelweiße Horizont
Über den Rängen

    In Jena sind die Franken zu Gast
    Gekommen ins Gelobte Land

Ein Neonazi, Rollstuhlfahrer, Neurologe
    Diskutieren

    Mond, steh' still zu Jena
    Fränkisches Mienenspiel verliert sich auf den Punkt
    genau
Elf Meter vor dem Ziel

Auf der Marienbrücke

Als wir über die Marienbrücke fuhren
und du deinen Kopf aus dem Fenster hieltst, –

Mirjam, über die Elbwiesen geht der Blick,
als hinge er noch feingefertigt an den tausend
venezianischen Lichtern unter uns –

da schworen wir in Dresdens Nacht noch eher zu sterben,
als nicht ein Leben lang Gedichte zu schreiben.

Mirjam, uns war alles dieses Abends
Musik im Aufblitzen der Scheinwerfer –

eine Böe aber nur
bis zum Morgen, bis Dresden
vom Ufer in die Elbe sank.

Peter Neumann, 1987 in Neubrandenburg geboren, studiert Philosophie, Wirtschaft und Politik an der Friedrich-Schiller-Universität Jena. Er ist Redakteur beim Jenaer Studentenmagazin »Akrützel« und schreibt unter anderem Theaterkritiken für die »Thüringische Landeszeitung« in Jena.

Kathrin Link

Weg

Vier Uhr achtundfünfzig.
Sie starrt auf die roten Zahlen der Digitaluhr, die auf ihrem Nachttisch steht. Ein Traum. Von einem weißen Raben. Ein weit aufgerissener Schnabel. Er krächzt ein Lied. »Michael row the boat ashore ... row, row, row the boat ...« Row, row, row. Dreimal hintereinander.
Eins, zwei, drei, vier, fünf, sechs, zählt sie, bevor sie die Bettdecke zurückschlägt und beide Füße gleichzeitig auf den Teppich setzt. Sechs ist eine gute Zahl und mit links darf man nicht aufstehen, sonst wird es ein schlechter Tag.
Sie geht zur Küche. An. Aus. An. Aus. An. Aus. Drei ist eine gute Zahl. Wenn sie die verpasst und aus Versehen viermal auf den Lichtschalter drückt, muss sie gleich bis neun weitermachen. Denn vier ist eine böse Zahl. Zwei mal vier gibt acht. Zwei ist schlimm und acht ist sogar noch schlimmer. Bedeutet Schicksal. Bedeutet Tod.
Aber heute hat sie es geschafft. Ihre Eltern sind noch nicht wach, wie jeden Morgen. Sie zählt sieben Flaschen Bier, die auf dem Esstisch stehen. Sieben leere Flaschen, vier volle sind noch da. Sieben ist eine gute Zahl. Heißt Glück. Vielleicht wird es ein guter Tag.
Sie räumt die Flaschen vom Esstisch, toastet sich ein Brot. Ein Toast hat sechsundfünfzig Kalorien pro Stück. Wenn sie ihn mit Käse isst, macht das insgesamt einhundertzwei Kalorien. Das ist nicht wenig für ihr Frühstück, aber da sie nur zweimal am Tag isst, wird sie nicht mehr zunehmen davon. Sie wiegt siebenundvierzig Kilo. Als sie sich jetzt auf die Waage stellt, hat sie dreihundert Gramm abgenommen. Ein guter Tag. Es wird ein guter Tag. Sie muss es fünfmal wiederholen. Fünf ist Wahrheit.
Sie macht sich Kaffee, drei Löffel auf drei Tassen. Einer müsste noch dazu, für den Geschmack, für die Kanne, sagte die Mutter. Sagte die Mutter, als sie noch selbst Kaffee machte. Aber jetzt liegt sie im Bett und schläft jeden Mor-

gen bis um sieben Uhr dreißig. Kein Löffel für die Kanne. Zwei mal vier ist acht.

Fünf Stück Süßstoff, ein Schuss Milch, eins Komma fünf Prozent Fett. Heute kann nichts passieren.

Viertel vor sieben. Die Uhr auf der Kommode zeigt immer viertel vor sieben. Seit vier Jahren ist sie stehen geblieben. Seit vier Jahren haben es die Eltern nicht bemerkt. Alle Uhren im Haus funktionieren, peinlich genau, nach der Zeit im Radio gestellt. Nur diese nicht.

Sie sieht auf ihre Armbanduhr. Es ist nicht viertel vor sieben, es ist fünf Minuten nach halb sechs. Der Vater wird in zehn Minuten von seinem Wecker aufwachen. Er trinkt gerne Kaffee. Stark muss er sein. Stark wie der Teufel, schwarz wie die Hölle, sagt er. Kaffee ist schlecht für das Herz. Einen Schlaganfall und zwei Herzinfarkte in ihrer Familie. Der Cholesterinwert des Vaters liegt bei zweihundertvierunddreißig. Ein Grenzwert, gerade noch im Normbereich. Aber nicht gesund für einen Mann, der achtundneunzig Kilo wiegt bei einer Größe von einem Meter fünfundachtzig. Zwei Ärzte hat der Vater konsultiert, die ihm das beide schriftlich bestätigen mussten. Rot und zornig ist sein Gesicht geworden, als sie sagten, dass Kaffee seinem Herz schadet. Einen zu hohen Blutdruck habe er auch. Hundertsechzig zu hundert. Nicht ungefährlich. Die Arztbesuche waren vor sieben Jahren. Seit zweieinhalb Jahren trinkt der Vater wieder Kaffee. Gegen den Kater, sagt er. Zwei Tassen sind noch da. Zwei mal vier ist acht. Es tut ihr nicht leid.

Sie geht in die Dusche. Eine halbe Drehung und das Wasser ist heiß, noch mal eine halbe Drehung und es hat die richtige Temperatur. Das warme Wasser tut gut. Sie weiß nicht, wie lange sie unter der Dusche steht. Lange. Dann wickelt sie sich in ein gelb-weiß gestreiftes Frotteehandtuch und geht sieben Schritte bis zu ihrem Zimmer. Sie stellt das Radio ein, nur auf Lautstärke sechzehn, sonst wird die Mutter wach. Speed of sound. Coldplay. Sie summt die Melodie mit und vergisst für einen Moment, dass das Lied einen Dreivierteltakt hat.

Sie hat gefroren heute Nacht. Das lag nicht an der Heizung, die hatte sie auf Fünf gedreht. Es lag auch nicht daran, dass sie sich nicht warm genug angezogen hatte. Wie eine Nutte siehst du aus, sagt der Vater immer. Sie hat in ihrem Leben bisher mit neun Männern geschlafen. Also mit zwei mehr als die deutsche Durchschnittsfrau. Sie ist zweiundzwanzig. Keine Nutte. Vielleicht sollte sie heute noch mal mit einen von ihnen schlafen. Bei dem, der ihr am liebsten war, dauerte der Sex im Durchschnitt vierzehn Minuten. Sie überlegt, ob sie ihn darum bitten soll, dann verwirft sie den Gedanken.

Viertel nach sechs. Der Vater ist vor einer halben Stunde wach geworden und hat sicher schon eine Tasse Kaffee getrunken. Um halb acht muss er auf der Arbeit sein, deshalb fährt er jeden Morgen pünktlich um zehn Minuten vor sieben los. Er muss siebenunddreißig Kilometer fahren bis zur Arbeit und bleibt dort für zehn Stunden. Um viertel vor sechs hält er bei seiner Stammkneipe. Dort bleibt er zwei Stunden, manchmal auch drei. Nach vierundsiebzig Kilometern und neun Gläsern Weizen kommt er meist zurück. Nur dienstags und donnerstags kommt er erst um halb drei Uhr nachts zu Hause an. Die Mutter weiß von der anderen seit acht Monaten. Die Eltern sind fünfundzwanzig Jahre verheiratet, dreimal ist die Mutter schon mit ihr abgehauen und nach vier Tagen jedes Mal wieder zurückgekehrt.

Sie geht die Treppe hoch. Am Tisch ein bärtiger Mann, ihr Vater. Er liest Zeitung und trinkt Kaffee. Eins, zwei, drei, vier, zählt sie, bevor sie mit acht Schritten auf den Tisch zugeht. Er guckt nicht hoch, als sie sich neben ihn setzt. Sie betrachtet ihn von der Seite, wie er mit der einen Hand die Zeitung hält und mit der anderen Hand den Löffel in seinem Kaffee umrührt. Raue Hände. Grob und krebsrot wie sein Gesicht. Früher muss er ein schöner Mann gewesen sein. Sonst hätte die Mutter ihn nicht geheiratet. Sie fragt sich, was unter dem Vollbart jetzt für ein Gesicht verborgen sein mag. Eine Narbe hat der Vater. Deshalb trägt er Bart, sagt er. Sie glaubt ihm das nicht. Bis vor vier Jahren hat der Vater sich noch rasiert. Die kleine Narbe, die quer über der linken Wange verlief, störte weder sie, noch die Mutter.

Zwei graue Augen richten sich auf sie. Sie gucken verärgert und müde. Sie zählt bis vier und steht dann auf. Zwei mal vier sind acht. Sie wünscht ihm einen guten Arbeitstag.

Dreißig Minuten nach sieben. Die Mutter muss jetzt aufstehen. Sie geht zum Schlafzimmer. Vor der Tür drei Schritte nach rechts. Rechts ist der Himmel, links die Hölle. Die Mutter liegt im Doppelbett, auf der rechten Seite. Sie erkennt nur eine Schulter und einen halben Arm. Spitz ragt der Schulterknochen hervor. Sie zählt zwei Blutergüsse an der Schulter und zwei am Oberarm. Der eine auf der Schulter ist neu und dunkel. Die anderen drei hellen sich langsam auf, verblassen. Sie sind auch schon fünf Tage alt. Die Mutter rührt sich nicht, auch nicht, als sie das Licht einschaltet.
»Mama, aufstehen.«
Sie rüttelt die Mutter an der Schulter. Langsam bewegt sich der Kopf und die magere Gestalt dreht sich zu ihr um.
»Ist er weg?«
Im Gesicht ein blauer Fleck, nicht so schlimm wie der von vor zwei Wochen. Sie nickt. Einmal.

Fünf Minuten nach acht. Die Mutter und sie trinken zusammen Kaffee. Das zweite Mal am Morgen. Mit Süßstoff und fettarmer Milch macht der zwanzig Kalorien pro Tasse. Das geht. Heute Mittag wird sie nicht essen, da fährt ihr Zug. Row the boat, denkt sie, row the boat, row the boat. Dreimal row the boat, dann kann nichts mehr schief gehen.

Dreizehn Minuten vor neun. Heute wird sie nicht zur Arbeit gehen, aber sie muss die Mutter zur Arbeit fahren. Die Mutter hat keinen Führerschein. Sie gehen zum Parkplatz. Die Luft draußen ist kalt und schneidet ihr ins Gesicht. Es kann nicht wärmer als fünf Grad draußen sein. Eins, zwei, drei, zählt sie, bevor sie die Autotür aufschließt. Heute darf sie sich nicht vertun mit dem Zählen, denn ab heute darf nichts mehr passieren.

In der Ortschaft fährt sie genau fünfzig, obwohl die Mutter sie drängt, schneller zu fahren. Die Mutter wird genau drei Minuten zu spät kommen, wenn sie die nächste Ampel nicht schaffen. Aber das muss die Mutter heute in Kauf nehmen. Sie muss genau fünfzig fahren, nicht schneller. Fünfzig ist eine gute Zahl. Fünfzig durch zwei ist fünfundzwanzig und die Quersumme davon ist sieben. An der Fünfzig ist nichts auszusetzen, das kann man drehen und wenden, wie man will. Ihre Mutter ist erst neunundvierzig. Aber sie hat in den letzten vier Jahren sechs Falten dazu bekommen unter den Augen. Die hat sie, weil sie jeden Abend gegen acht anfängt zu weinen und nicht eher aufhört, bis der Vater nach Hause kommt. Dann weint die Mutter manchmal auch weiter, aber sie kann nicht genau zählen, wie lange die Mutter dann weiter weint. Es ist zu laut ...

Drei Minuten nach neun. Die Mutter sieht hektisch aus. Sie verabschiedet sich mit einem flüchtigen Kuss und der Abschied dauert nicht länger als fünf Sekunden. »Bis heute Abend«, ruft die Mutter ihr zu. Die Mutter weiß ja nicht, dass sie den Zug nehmen will.

Elf Uhr neunzehn. Dann fährt ihr Zug. In siebenundsechzig Minuten ist es so weit. Sie überlegt, ob sie noch jemanden anrufen soll. Ihr fällt niemand ein, den sie anrufen könnte. Es gab wohl eine Zeit in ihrem Leben, da konnte sie ihre Freunde nicht zählen, so viele waren es. Doch jetzt hat sie das Gefühl, dass selbst acht Cent pro Minute und drei Worte des Abschieds umsonst verschenkt wären. Doch Böses wünscht sie ihnen nicht. Eins, zwei, drei, vier, fünf, zählt sie und denkt dabei an ihre Freunde. Sie kramt nach ihrem Portemonnaie. Drei Euro vierzig hat sie noch. Davon kauft sie sich eine Schachtel Zigaretten. Pall Mall. Siebzehn Stück. Sie setzt sich in die Bahnhofshalle und raucht. Eine nach der anderen.

Zwölf Minuten nach Elf. Sie sieht auf die große Bahnhofsuhr. Gleis drei fährt ihr Zug. In genau sieben Minuten. Sie will gerade die erste der vierundzwanzig Stufen hinaufgehen, die zum Gleis führen, da kommt er auf sie zu. Sie kennt ihn aus der Schule. Sie haben sich zweieinhalb Jahre nicht mehr gesehen, denn sie ist nicht auf das Klassentreffen gegangen.

Sie haben sich in der Schule nicht besonders beachtet. Und jetzt kommt er hier auf sie zu. Dreizehn Minuten nach Elf. Noch sechs Minuten. Sie darf den Zug nicht verpassen. Er trägt eine braune Jacke mit fünf Knöpfen. Er lächelt ihr zu.
»Hallo, lang nicht gesehen.«

»Ja«, sagt sie, nicht mehr. Noch vier Minuten.

»Du hast dich nicht verändert, immer noch so dünn«, sagt er. Sie bewegt sich langsam von ihm weg.

»Ja«, sagt sie wieder und guckt angestrengt auf die Zeiger der Bahnhofsuhr. Er muss gehen!

»Musst du zum Zug?«, fragt er. Er wirkt enttäuscht, »musst du jetzt sofort weg?«

»Ja«, sagt sie zum dritten Mal. Aber so sicher ist sie sich nicht mehr.

»Lass uns doch Kaffee trinken gehen, ich lad dich ein.« Es ist sein letzter Versuch, sie aufzuhalten. Zwei hellblaue Augen gucken sie an. Sie mag ihn.

»Nein, ich muss zum Zug.« Ihr Blick verrät Zögern. Noch eine Minute.

»Komm mit mir. Es ist kein Schiff, das du verpasst. Nimm einen späteren Zug.«

Row, row, row the boat. Es ist genau neunzehn Minuten nach elf.

»Ja«, sagt sie. »Lass uns gehen.«

Der Zug fährt ein.

Sie sitzen in der Bahnhofskneipe und trinken Kaffee. Das ist das dritte Mal an diesem Tag. Drei ist eine gute Zahl.

Sie guckt ihn an. Schwarze Strähnen fallen in sein Gesicht. Er hat ein schönes Gesicht; blass, aber eine gerade Nase und viele schwarze Strähnen vor den blauen Augen. Da sind so viele Haare, die ihm ins schöne Gesicht fallen, dass sie sie unmöglich zählen kann.

»Wo wolltest du hin?« fragt er und rührt in seinem Kaffee.

»Ach, einfach weg. Weit weg von hier.«

»Wieso?«

»Ich mag es nicht. Hier gefällt es mir nicht.«

»Was ist so unerträglich?« Er versteht sie nicht. »Es gibt viele Sachen, die man machen kann.«

Er denkt, sie spricht vom Ort.
»Was kann man tun?«
Sie denkt, er spricht vom Leben.
»Pass auf, ich weiß was. Wir verbringen heute den Tag zusammen und du sagst mir, was du machen willst.« Er lächelt sie an. »Du hast drei Wünsche bei mir frei.«
Sie guckt auf die Uhr, die gleich über der Bar hängt. Es ist elf Uhr einunddreißig. Seit zwölf Minuten sollte sie tot sein.
Aber drei ist eine gute Zahl.

Kathrin Link, 1984 in Winsen an der Luhe geboren, studiert Germanistik, Politikwissenschaft und Neuere Geschichte an der Philipps-Universität Marburg. Bisherige Veröffentlichung: Beitrag in »Gesammelte Werke – Jugendliteraturpreis der OVAG 2005«.

Daniel Kroiß

Unter Verdacht

»Guten Morgen. Sind Sie Herr Andreas Henning?«, fragte die Frau mittleren Alters, die in der Tür seiner Detektei stand. Er nickte und klappte den Ordner zu, an dem er gearbeitet hatte.

»Wie kann ich Ihnen behilflich sein?«

Sie kam zu seinem Schreibtisch und er bat sie, sich zu setzen.

»Es tut mir wirklich leid, dass ich hier einfach so hereinplatze. Mein Name ist Marie Bernhardt. Es geht um meinen Mann; ich glaube, er betrügt mich.«

Andreas Henning nahm ein Notizbuch und einen Stift zur Hand und bat sie, ihm zu erzählen, wie sie denn zu dieser Annahme käme. Er hatte bereits etliche solcher Fälle bearbeitet; meistens waren es Frauen, die deswegen zu ihm kamen.

»Also, zum ersten Mal wurde ich vor einigen Wochen skeptisch. Mein Mann und ich waren gerade beim Abendessen, da erzählte ich ihm, dass Sonja, eine meiner Freundinnen, von ihrem Mann betrogen worden war. Stellen Sie sich vor, er zeigte gar keine Reaktion darauf, ganz so, als wolle er verhindern, dass wir darüber reden. Ich machte ihn darauf aufmerksam, wie schlimm das alles sei und dass die beiden sich jetzt trennen würden. Als er noch immer nichts sagte, fragte ich ihn, was er denn an Sonjas Stelle getan hätte. Er sah mich an und meinte, er wisse nicht, ob er gleich die Scheidung gewollt hätte, er habe sich nie Gedanken über so etwas gemacht. Ich fand das wirklich seltsam; er schien noch immer ausweichen zu wollen, also wechselte ich das Thema. Nun ja, das ist jetzt natürlich noch kein Grund, ihm etwas zu unterstellen, aber dann kommt da noch hinzu, dass er plötzlich eine Menge Überstunden macht. Das hat er sonst nicht getan und wenn ich etwas sage, meint er bloß, er wolle eben mehr Geld verdienen, damit wir im Sommer einen schönen Urlaub machen könnten. Und dann war da noch die Sache mit dem Ring. Letzte Woche hatte er ihn wieder einmal beim Duschen abgenommen und dann hat er ihn den ganzen Abend nicht mehr angezogen. Er hat das früher auch öfters vergessen, aber nie so lange. Er hat ihn sonst immer gleich wieder angezogen. Diesmal lag der Ring dann aber noch immer im Bad, als mein Mann am nächsten Tag wieder auf der Arbeit war, und erst am Abend hat er ihn wieder getragen. Wissen Sie, ich glaube, er wollte nicht mit mir über Untreue reden, weil er mich betrügt und Angst hat, dass ich etwas merke. Und er macht gar keine Überstunden, sondern trifft eine andere in der Zeit, und den Ring hat er ausgezogen, weil es ihm unangenehm war, sie immer mit seinem Ehering zu treffen.«

Schluchzend holte sie ein Taschentuch hervor und schnäuzte hinein. Der Detektiv klappte sein Notizbuch zu und atmete tief durch.

»Also, Frau Bernhardt, ich kann Ihren Mann gerne ein paar Tage beschatten, aber wenn das alles ist, was Sie beobachtet haben, dann muss ich Ihnen doch sagen, dass ich keinen Anlass zur Sorge sehe. Es scheint mir doch eher so zu sein ...«

»... dass ich mir das nur einrede? Also, das alles hätte mich ja auch wirklich noch nicht dazu gebracht, zu Ihnen zu kommen. Aber gestern Abend, als mein Mann wieder so spät noch nicht zu Hause war, war ich bei unserem Nachbarn und habe ihn gefragt, ob ihm vielleicht irgendetwas Merkwürdiges an seinem Verhalten aufgefallen sei. Zuerst wehrte er ab und meinte, er habe nichts bemerkt, doch ich konnte ihm ansehen, dass er log. Also hakte ich weiter nach, bis er endlich zugab, meinen Mann mit einer jungen Blondine, so einem Flittchen, durch die Stadt gehen gesehen zu haben. Sie sei dann bei ihm ins Auto eingestiegen, meinte er, und geküsst hätten sie sich, wie frisch Verliebte hätten sie sich geküsst!«

Sie brach in Tränen aus und schnäuzte erneut in ihr Taschentuch. Er gab ihr ein neues und notierte, was sie gesagt hatte.

»Haben Sie mit Ihrem Mann darüber gesprochen?«, fragte er. Sie schüttelte den Kopf.

»Er würde sicher bloß wieder versuchen, das Thema zu wechseln, das führt zu nichts.«

»Sie wissen, dass meine Dienste nicht billig sind?«, fragte er noch stirnrunzelnd, doch die Frau nickte bloß und meinte, er solle ihr bloß einen Beweis liefern, ein Foto oder irgendetwas, damit sie sich sicher sein könne. Sie gab ihm noch ein Bild ihres Mannes und einige Informationen. Sie würde ihn sofort verlassen, wenn sie sich sicher wäre, dass er ihr untreu war, sofort, sagte sie noch, dann verabschiedete sie sich und ging.

Andreas Henning schüttelte den Kopf. Ein weiterer Fall dieser Art: Ein Mann, vermutlich Mitte 40, der seine Frau mit einer Jüngeren betrog. Leider hatte er es selten erlebt, dass sich der Verdacht einer seiner Klientinnen als unbegründet herausgestellt hatte. Er seufzte und begann, seine Informationen über Herrn Bernhardt durchzugehen.

Umso größer war seine Überraschung, als noch am Nachmittag desselben Tages ein Mann sein Büro betrat, der eindeutig der auf dem Bild war, das er von Frau Bernhardt bekommen hatte.

»Guten Tag. Entschuldigen Sie bitte die Störung. Mein Name ist Klaus Bernhardt, haben Sie vielleicht einen Augenblick Zeit?«

Verunsichert bat ihn der Detektiv, sich zu setzen. Schnell verstaute er die Unterlagen, die er von Frau Bernhardt bekommen hatte, in seinem Schreibtisch.

»Ich möchte gerne Ihre Dienste in Anspruch nehmen. Es geht um meine Frau; ich glaube, sie betrügt mich.«

Andreas Henning zog die Augenbrauen hoch.

»Gut, also … Ich meine, sind Sie sicher?«, fragte er verwirrt.

Herr Bernhardt sah ihn fragend an. »Nein, sicher nicht. Aber deswegen bin ich ja auch zu Ihnen gekommen.«

»Äh, ja, natürlich, also … Was veranlasst Sie denn zu Ihrer Vermutung?«

Er hatte das kleine Notizbuch wieder hervorgeholt und begann nun damit, Herrn Bernhardts Darstellung, direkt neben der seiner letzten Klientin, zu notieren.

»Also gut. So weit ich mich zurückerinnern kann, fing ich vor ein paar Wochen an, mir Gedanken zu machen. Wir saßen gerade beim Abendessen und sie erzählte mir davon, dass ihre Freundin von ihrem Mann betrogen worden war. Sie war so darauf aus, meine Meinung zu hören, dass mir das gleich irgendwie verdächtig vorkam. Als wolle sie von mir hören, dass ich ihr einen Seitensprung verzeihen würde.«

Der Detektiv sah seinen neuen Klienten entgeistert an. Als der ihn fragte, was denn los sei, beugte er sich schnell wieder über sein Notizbuch und bat ihn, fortzufahren.

»Gut, das alleine ist natürlich nichts. Doch dann auch die Sache mit unserem Urlaub: Ich mache zurzeit sehr viele Überstunden, damit wir einen schönen Urlaub zu zweit machen können. Der letzte Urlaub war ein Desaster. Das Hotel, das Essen, selbst der Strand, vollkommen heruntergekommen und schmutzig – das hat uns den ganzen Urlaub verdorben; aber wir hatten uns einfach nichts Besseres leisten können. Deshalb arbeite ich jetzt extra mehr und sie sagt dazu rein gar nichts. Es scheint ihr völlig egal zu sein, dass ich einen schönen Urlaub mit ihr verbringen will. Sehen Sie, als ich dann letzte Woche absichtlich meinen Ring ausgezogen habe, um sie zu testen, hat mir das eigentlich schon alles gesagt: Früher hat sie es immer sofort bemerkt, wenn ich meinen Ring nach dem Duschen im Bad vergessen hatte, und ich habe ihn schnell wieder angezogen. Letzte Woche ist es ihr gar nicht aufgefallen. Aus Frust habe ich ihn sogar am nächsten Tag nicht angezogen – keine Reaktion. Ich glaube, sie liebt mich nicht mehr.«

Der Detektiv musste sich das Lachen verkneifen. So etwas hatte er in seinen 20 Jahren Berufserfahrung noch nicht erlebt.

»Denken Sie nicht, dass Sie etwas voreilig sind mit Ihrer Vermutung?«, meinte er, wobei er sich anstrengen musste, ernst zu klingen.

»Ich wusste, dass Sie das so sehen. Deshalb habe ich auch noch damit gewartet, zu Ihnen zu gehen, aber gestern … Als ich von der Arbeit kam, da habe ich gesehen, wie sie aus dem Haus unseres Nachbarn kam. Sie hat sich, glaube ich, noch nie mit ihm unterhalten und plötzlich kommt sie aus seiner Wohnung! Und ich weiß aus seinem eigenen Mund, dass er auf sie steht. Das hat er mir auf einer Party gesagt, als er betrunken war. Er würde alles tun, um uns auseinander zu bringen, dieser Mistkerl!«

Wieder klappte der Detektiv sein Notizbuch zu.

»Ich nehme nicht an, dass Sie irgendwann einmal versucht haben, mit Ihrer Frau darüber zu reden?«

Herr Bernhardt schüttelte den Kopf. Es habe keinen Sinn, mit Marie darüber zu reden, sie sei sehr schnell verletzt und dann könne man kein Wort mehr aus ihr herausbekommen.

»Ich hatte genug Zeit, mir Gedanken darüber zu machen, was ich tue, wenn ich die Wahrheit kenne«, sagte Klaus Bernhardt. »Geben Sie mir einen Beweis, dass sie mich betrügt, ich will es wissen! Ich könnte keinen Tag länger mit ihr zusammen sein, wenn sie und dieser, dieser … Was nehmen Sie dafür?«

Andreas Henning kratzte sich nachdenklich an der Stirn. Nein, so etwas hatte er wirklich noch nie erlebt. Er nahm sein Telefon zur Hand, holte die Unterlagen wieder aus seinem Schreibtisch, suchte darin nach der Nummer und begann zu wählen.

»Wissen Sie was, Herr Bernhardt«, meinte er freundlich, »Ihnen helfe ich auch umsonst.«

Daniel Kroiß, 1988 in Groß-Gerau geboren, ist Abiturient an der Prälat-Diehl-Schule in Groß-Gerau.

Anna Schewelew

Es gibt für uns keinen Park,
keinen totgesagten,
keinen totgesägten,
außer dem im Sommer schon stillgelegten
Vergnügungspark.

Begnügungsstark
Erlesen wir späte Schießbudenplastikrosen
und sammeln noch Possen,
und müssen doch passen.
Es gibt für uns keinen Park.

Anna Schewelew, 1984 in Leninabad (heute Chodshand, Tadschikistan) geboren, studiert seit 2004 Komparatistik, Philosophie und Anglistik an der Justus-Liebig-Universität Gießen.

Nina Kluge

Von Mutter zu Tochter

Mein Vater verließ meine Mutter sehr plötzlich. Sie waren fast zwanzig Jahre verheiratet und ich dachte immer, sie wären das, was man das perfekte Paar nennt. Wie Barbie und Ken oder Johnny Cash und June Carter. Doch mein Vater sah das offensichtlich nicht so, denn plötzlich war er weg. Ich war 18 und dennoch kam ich mir vor wie ein kleines Mädchen. Meine Mutter saß meist in ihrem Bett und weinte. Ich wusste nicht, was ich tun sollte, wie ich sie trösten sollte, ich wollte sie trösten, aber wie? Sie war doch kaum ansprechbar. Ich wollte bald ausziehen und hatte das Gefühl, wenn ich das täte, würde sie das umbringen. Ihr Tagesablauf war immer gleich: Sie stand auf, ging arbeiten und setzte sich nach der Arbeit mit einem Glas Wein, Taschentüchern und alten Fotoalben in ihr Zimmer. Drei Monate lang ging es so und nicht nur, dass ich begonnen hatte, meinen Vater zu hassen, ich war kurz davor, selbst depressiv zu werden.

Doch dann änderte sich alles ganz plötzlich. Ich kam eines Mittwochs nach Hause und nicht nur, dass die Wohnung ordentlich war (abgesehen von den Plastiksäcken neben dem Eingang, die, wie ich feststellte, mit Klamotten gefüllt waren), sie roch auch irgendwie fröhlicher. Ich weiß, das hört sich verrückt an, aber es war wirklich so.

»Liz, komm, ich hab gekocht!«

Hatte ich richtig hingeguckt? Ja eindeutig! Meine Mutter war erblondet und statt Jogginghosen trug sie eine schwarze Röhrenjeans und eine weiße kurzärmlige Bluse. Sie sah gut aus, das ist klar, aber wo war meine Mutter hin? Als könnte sie meine Gedanken lesen, sagte sie: »Ich hab alle meine Klamotten aussortiert und, wie du siehst, meine Haare verändert. Wie findest du es?«

Ich wusste nicht, was ich sagen sollte. Ich fand es gut, dass meine Mum endlich wieder leben wollte, aber sie sollte immer noch meine Mum bleiben. Doch eigentlich konnte ich sie ja verstehen und es sah wirklich gar nicht schlecht aus. Sie war ja erst 37 und hatte eine gute Figur. Sie konnte ruhig eine Veränderung wagen. Es sah einfach auf den ersten Blick komisch aus.

»Ich mag es!«, antwortete ich ihr also.

»Das ist gut!« Sie tat mir ein paar Nudeln auf. »Es ist Zeit, wieder normal zu werden! Ich war ja nicht mehr normal!« Sie lachte, es war noch etwas gekünstelt, aber das erste Lachen seit Langem. »Es tut mir leid, wie ich mich verhalten hab!«, sagte sie nach einer kurzen Pause.

»Du musst dich nicht entschuldigen! Wirklich nicht, ich hätte wahrscheinlich genau wie du reagiert!«

Sie lächelte. Ja, das Blond stand ihr wirklich gut und der neue Look auch. Ich hatte echt eine hübsche Mum. Wie sich rausstellte, war es nicht ganz so, wie ich es mir vorgestellt hatte mit meiner Mum. Sie färbte sich nicht bloß die Haare und änderte ihren Look, sie änderte ihren ganzen Charakter. Sie sprang von einem Extrem ins nächste. Während sie eben noch weinend in ihrem Zimmer gesessen und meinem Vater hinterher getrauert hatte, sprang sie nun in der Wohnung umher. Sie entdeckte Discotheken neu und war nur noch unterwegs. Sie ging donnerstags mit ihrer Freundin Cocktails trinken, freitags ins Manhattan (eine Disco der Upperclass) und samstags ins Diamonds (ebenfalls eine Disco). Sonntags ging sie dann mit ihren »Mädels« frühstücken.

Meine Eltern waren nie viel daheim gewesen. Meine Mutter war Leiterin einer Werbeagentur und mein Vater Chefarzt in einer Klinik, sprich sie haben immer gearbeitet. Doch meine Mum war nun gar nicht mehr zu Hause und ehrlich gesagt, war mir bei dem, was sie tat, nicht ganz wohl. Ich wusste nicht mal mehr, was ich besser fand: die trauernde oder die neue Mum. Ich wartete nur noch auf den Tag, an dem sie mit neuen Brüsten und aufgespritzten Lippen zu Hause erschien. Doch statt neuer Körperteile kamen Dutzende von Männern und sie alle blieben nur für eine Nacht. Da war John der Unternehmer aus L.A., Christof der Künstler oder auch Franz der Bankier. Sie alle kamen und gingen und sie waren nie länger als zwei Tage da. Natürlich sprach ich meine Mum darauf an, doch sie erklärte mir, dass ich doch mittlerweile alt genug sei, um so was zu verstehen. Ich sagte ihr, dass ich zwar kein Kind mehr sei, doch sie wäre immer noch meine Mum. Darauf erwiderte sie nur, dass sie das natürlich noch wäre, nur eben viel cooler als vorher.

Ich fand es gar nicht cool und besonders uncool wurde es, als sie mir erklärte, dass sie jetzt etwas Ernstes hätte. Ich hatte seit so langer Zeit nichts mehr von meinem Vater gehört, doch ich war mir sicher, ich hätte ihm alles vergeben, obwohl – tat ich das? Ich glaubte mich zu freuen, aber ich denke, eigentlich war ich noch nicht bereit für einen Stiefvater. Noch hatte ich IHN ja auch nicht kennengelernt und so lange wollte ich mich bedeckt halten.

So kam es, dass ich an einem warmen Sonntagmorgen, frei von Vorurteilen, mit meiner Mum in Richtung »Tiffany« fuhr, um mit ihr und IHM frühstücken zu gehen.

»Du wirst ihn sicher mögen!«, sagte meine Mum ständig, mehr, um sich selbst zu beruhigen.

Ich hatte meine Gefühlswelt vollkommen »neutralisiert«, um ihm wirklich alle Chancen der Welt zu geben, schließlich machte er meine Mum so glücklich.

»Da ist er!«, sagte meine Mum und deutete auf einen unsicheren, sehr jungen Mann in einer Ecke des Restaurants.

Ich dachte, sie verarscht mich. Doch wir gingen zielsicher auf den Typen zu. Mit dem letzten Funken Hoffnung fragte ich ihn zur Begrüßung, wo denn sein Vater sei, doch er sah mich daraufhin nur ungläubig an. Meine Mutter lachte und drückte ihm einen Kuss auf den Mund.

»Ich muss erst mal für kleine Blondinen!«, verkündete meine Mum.

»Ich komme mit!«, sagte ich schnell.

»Das kann ich auch alleine!«, erwiderte meine Mum mit einem Ton in der Stimme, der mir sagte, dass ich gefälligst hier zu bleiben hätte. Sie ging und nun saß ich da, mit einem Kerl, der fast mein Bruder hätte sein können. Ich überlegte, wie viele Wochen es wohl her war, dass er zum ersten Mal seine Bartstoppeln rasiert hatte. Wie alt er wohl war? Es sah mich etwas unsicher an.

»Ähm ... ich wusste gar nicht, dass du so alt bist!«, sagte er schließlich.

»Ich wusste gar nicht, dass meine Mum seit Neuestem den Kindergarten vögelt!«, antwortete ich zickig, obwohl mir klar war, dass er etwas älter sein musste als ich. Er schwieg. Ich ebenfalls. Meine Mum kam wieder.

»Habt ihr euch schon angenähert?«, fragte sie fröhlich wie ein nerviger verliebter Teenager.

»Mum, wie alt ist er? 16?«

»Elisabeth!« So nannte sie mich nur, wenn sie sauer war.

»Was? Guck ihn dir mal an, ist dir das nicht peinlich?«

»Er ist 20, nicht 16, und das Alter ist doch egal!«

»Mum, er ist so alt wie mein letzter Freund! Oh mein Gott, das ist eklig!« Ich wurde laut, zu laut.

»Elisabeth!«

»Nenn mich nicht Elisabeth!«, fauchte ich.

»Liz!«

»Ich gehe, gib mir den Autoschlüssel! Dein Boybandlover kann dich ja heimfahren!«

Sie zögerte.

»Gib mir jetzt den verdammten Schlüssel!«

»Er heißt David!«

»Das ist mir so scheißegal!« Ich merkte, wie mir Tränen in die Augen stiegen.

»Liz bitte!«

»Gib mir den verdammten Schlüssel!«

Bei ihr kullerte die erste Träne. David wusste nicht, wo er hingucken sollte, und ich sah, wie er mir unsichere Blicke zuwarf. Meine Mum reichte mir den Schlüssel. Ich stürmte aus dem Café. Wie sehr ich meine Mutter in diesem Moment hasste! Dass sie eine neue Beziehung wollte, konnte ich ja noch verstehen, aber nicht mit ihm. Er war zwanzig und meine Mum zwanzig Jahre älter. Er hatte das gleiche Alter wie mein Exfreund. Er könnte genauso gut mein Freund sein. Es widerte mich an.

Eine lange Predigt über mein Verhalten während des Aufeinandertreffens im »Tiffany« war alles, was meine Mum zu meinen Einwänden zu sagen hatte. Es war ihr egal, dass sie sich auf die Knochen blamierte. Dass ich nicht mehr mit ihr redete sowieso. Sie intensivierte sogar ihre Beziehung zu ihm und er fing an, bei uns zu schlafen. Er war, so kam es mir vor, immer da. Zumindest immer, wenn ich auch da war. Ich vermied es, mit ihm in einem Raum zu sein. Innerlich fand ich zwar, dass er nicht schlecht aussah, doch er passte nicht zu meiner Mum. Sie hatte etwas Besseres verdient und vor allem jemanden, der mehr erlebt hatte als einen Schulabschluss.

Es kam zum Eklat, als meine Mum beschloss, David sollte doch bei uns wohnen, solange sie auf Fortbildung sei. Wir sollten uns kennenlernen! Wie kann ich den Fickfreund meiner Mutter kennenlernen, der gerade zwanzig ist. Ich beschloss zu meiner Freundin abzuhauen, sobald meine Mum die Tür geschlossen hatte. Das würde wohl erfolgreicher sein, als mit ihr zu diskutieren. Warum wollte es meine Mum einfach nicht wahrhaben. Ich und David, wir würden uns erst dann verstehen, wenn er nicht mehr mir ihr Händchen hielt.

»Gib ihm wenigstens eine Chance!«, sagte sie ständig, aber die würde er nicht bekommen. Nicht in diesem Leben.

Er kam den Abend vor ihrem Abflug mit einem großen Koffer und er war nicht nur verunsichert, er war scheintot. Er sprach kaum und wie es schien, ging er Zärtlichkeiten mit meiner Mutter aus dem Weg. Er wollte wohl in meiner Anwesenheit nichts riskieren.

Am nächsten Morgen machte sich meine Mum früh auf den Weg. In der Küche erwartete mich zwar ein gedeckter Frühstückstisch, doch kein abstoßendes Pärchen, sondern nur ein David in … oh mein Gott, ein David in Boxershorts. Er sah wirklich gut aus, wie konnte so einer nur hinter der Generation Falte her sein. Oh Gott nein, so durfte ich auf keinen Fall denken. Er war ein widerlicher Idiot.

»Ich esse nur schnell was, dann verzieh ich mich und Klein-David hat sturmfrei!«

Er sah mich zögernd an. »Können wir nicht einfach mal reden?«

Ich verschluckte mich an meinem Kaffe. »Tut mir leid, aber du bist der Letzte auf dieser Welt, mit dem ich reden möchte!«

»Ich weiß, das alles ist irgendwie komisch für dich. Ich

meine, ich könnte ... ich könnte ... na ja, ich könnte auch dein Freund sein, aber ...«

»Bitte, ich möchte jetzt nicht deine Vorlieben analysiert bekommen!«, unterbrach ich ihn.

»Nur mal reden?«

Mir gingen langsam die Argumente aus. »Du kannst ja dann immer noch zu deiner Freundin gehen!« Er lächelte mich schief an. Er sah irgendwie süß aus und ich gab nach. Es war ja im Sinn meiner Mutter. »Na gut!« Jetzt, da ich zugestimmt hatte, brach das große Schweigen aus. Theoretisch wollten wir reden, praktisch wollte niemand anfangen. Wir saßen etwa eine halbe Stunde da und sahen uns an. Wir sahen uns nicht nur an, wir starrten uns regelrecht an. Irgendwann fingen wir beide an zu lachen, es war komisch, denn plötzlich war das Eis gebrochen. Später wurde mir bewusst, dass in diesem Moment auch der Gedanke abgefallen ist, dass dies der Freund meiner Mutter war. Ich sah ihn plötzlich nur noch als gut aussehenden David und dies wurde mir zum Verhängnis.

Es wurde ein wundervoller Tag. Wir redeten viel, hatten Spaß, es war, als lernten wir uns gerade erst kennen. Doch mit keinem Wort erwähnten wir meine Mum.

Am Ende des Tages küssten wir uns, es wäre auch ungewöhnlich, wenn es nicht passiert wäre. Es war der perfekte Kuss, seine Lippen so weich und doch war da dieses Stechen. Mein Gewissen, das ich bis dahin einfach ignoriert hatte, meldete sich in aller Deutlichkeit. Das Bild meiner Mutter, nachdem sie von meinem Vater verlassen wurde, erschien in meinem Kopf. Heulend saß sie in der Ecke, weil der Mann, den sie geliebt hatte, sie nicht mehr liebte. Ich wollte David wegschieben, doch es ging nicht. Es war so falsch, aber eben auch so wundervoll. Ich hatte ein Kribbeln im Bauch und ich fühlte mich zudem noch sicher, meine Mutter war ja schließlich nicht da. Wir konnten es einfach beenden, sobald meine Mum wieder da war. Sie würde es doch nie erfahren. Wir wollten doch nur ein wenig genießen, was eigentlich nicht zu genießen war. Doch, wie soll ich sagen, der Schneeball war schon ins Rollen gekommen. Als wir mit einander schliefen, zum Abschluss, wie wir uns versprachen, merkte ich, dass ich mich verliebt hatte. Wir wollten eigentlich mit dem Höhepunkt alles beenden, doch mir wurde klar, dass das unmöglich war. Ich sah David in die Augen und wusste, er dachte genauso.

Ehe wir etwas sagen konnten, öffnete sich die Tür und meine Mutter betrat den Raum. Sie sah uns kurz an, drehte sich um, verließ das Zimmer und schloss die Tür.

Nina Kluge, 1991 in Kassel geboren, besucht die 11. Klasse der Friedrich-List-Schule Kassel. Bisherige Veröffentlichung: »Von wegen Probleme« (Kolumne) in »Grüner Faden«, der Zeitung des St. Elisabeth Vereins Marburg.

Jana Ufermann

Inge

»Fahr doch hin, Ludger, wenn du sie unbedingt brauchst.«
»Wie konntest du die Bücher denn überhaupt bei ihr vergessen?«
»Hach, was weiß ich, ist nicht ... ach, egal. Der Krohn wollt die doch unbedingt ... Verdammt!«
»Was machst du denn? Warum fährst du denn nicht einfach hin, holst die Bücher und kommst zurück?«
»Nicht da! ... die Pflaster sind da rechts. Nein ... warte ...«
»Mmh.«
»Nicht wichtig. Sind eben diese OP-Bücher. Die sollen die doch morgen an die Assistenzärzte ausgeben. Verdammt!«
»Fluch doch nicht, schneidet sich doch jeder mal.«
»Na du hast leicht reden, schneidest ja nur deinen Ruccola ... blödes Messer!«
»Kommst du denn dann zum Abendessen? Maria holt Elli von der Schule. Und Dr. Krohn kommt ja auch morgen schon mit seiner Frau.«
»Hast du den Anzug geholt?«
»Der Anzug? Nein ... der Salon hatte zu.«
»Aber ich hab dir doch die Zeiten aufgeschrieben. Hast du nicht an den Kühlschrank geschaut?«
»Hab ich vergessen.«
»Wo ist denn der Zettel ... Was macht der denn im Schrank? Wo ist denn der Möhrenmagnet?«
»Weiß nicht, kannst du nicht Maria schicken? Ich fahr zu Inge.«

Suse

»Hast du die Mandeln bekommen? ... Sieht ja so aus, als hättest du schon wieder die halbe Lebkuchenecke ausgekauft.«

»Hach, ist doch für die Kinder ... Wo ist denn Sylvi?«

»Die sitzt da vorn. Da! ... Neben diesem dicken Lutscher-Jungen.«

»Wo?«

»Na ... da!! Hinter dem Feuerwehrauto ...«

»Wieso denn in der Drehtasse? ... Sylvi!! Wink doch mal. HI-ER!«

»Lass doch!«

»Aber Sylvi ... guck doch! ... Torsten, sie guckt ja gar nicht! ... Warum hast du sie denn nicht auf das rosa Pferd gesetzt?«

»Das rosa Pferd?«

»Schau doch, die sieht man doch da hinten kaum ... Wo ist denn eigentlich der Fotoapparat? ... Hast DU den?«

»Ich? ... Ich weiß doch nicht, wo du den Apparat hingetan hast ... Vielleicht unter den ganzen Nusstüten irgendwo.«

»Nein ... da hab' ich doch schon nachgeschaut. Hach! ... Hältst du mal den Beutel, Kristen? ... Ich leg den mal auf deinen Schoß, ja. Schatz?«

»Kann ich auch mal fahren, Mutti?«

»Schatz, du weißt doch, dass das hier nicht geht ... Mensch, Torsten. Die sind doch gleich schon wieder fertig. Wo ist denn der Apparat?«

»Was weiß ich ... Vielleicht hat ihn Sylvia.«

Jana Ufermann, 1984 in Nordhausen geboren, studiert Skandinavistik und Germanistik an der Johann Wolfgang Goethe-Universität in Frankfurt am Main. Sie arbeitet als freie Lektorin an der Volkshochschule Mainz.

Autorenwerkstatt

Lisa Bendiek

Zähne ziehen

In diesem Zimmer gibt es nur zwei Betten und viel Wand. Die Wand ist gelb, wie Pisse, sagt Marlen, aber das stimmt nicht, sie ist heller. Wie in der Praxis meines Opas, mein Opa war Zahnarzt, er hat Zähne gesund gemacht, und wenn ein Zahn zu schlecht war, hat er ihn gezogen. Ich weiß, warum die Wand diese Farbe hat, die machen dasselbe hier, mit Gedanken.

Ich stehe im Garten, mein Badeanzug hängt auf der Leine, flattert im Wind. Ich mag den Sommer, aber bald wird es dunkel, ich will noch mal schaukeln vorher. Ich setze mich auf das Holzbrett, stoße mich ab, hoch, höher, ich fliege, ich mag den Sommer. Jemand ruft mich, nein, ich will noch nicht rein. Komme gleich, ruf ich zurück. Die Stimme ist jetzt ungeduldig, es ist wichtig, sagt sie, sie muss gar nicht mehr rufen, ich hör sie auch so. Ich springe ab, lande, stolpere, jetzt hat die Hose einen Grasfleck am Knie. In der Terrassentür steht sie, komm rein, es wird dunkel, und ich schaue zu ihr hoch, schau sie an, erst die Hand und dann am Arm entlang, Ellbogen und Schulter, sie hat ein rotes T-Shirt an heute, und ihr Hals hat kleine rote Flecke und sie hat kein Gesicht mehr.

Warum bist du eigentlich hier, fragt Marlen. Marlen wohnt in dem Zimmer, in dem wir schlafen, sie hat Poster über ihr Bett gehängt, mit Sängerinnen drauf, die bauchfreie Sachen anhaben. Ich schau die Wand an, murmle was von Zähneziehen. Marlen lacht mich aus. Hier gibt's doch keine Zahnärzte, sagt sie, du bist vielleicht dumm. Willst du wissen, warum ich hier bin? Ich sag nichts mehr, sie versteht das nicht.

Ich hab einen zusammengeschlagen, sagt Marlen, in der Pause, auf dem Schulhof. Sie wartet drauf, dass ich was sage. Marlen ist eine Angeberin, das hab ich schon gemerkt, sie will mich erschrecken.

Warum, frage ich.
Er hat mich beleidigt.
Du hättest ihn doch zurückbeleidigen können.
Nein. Marlen ballt eine Faust, drückt die Fingernägel in den Handballen. Er hat gesagt, du bist so bescheuert, kein Wunder, dass deine Mutter dich nicht haben will.
Ich schweige und gucke von der Wand zu Marlen, ihr Gesicht neben dem Bauch von Britney Spears.
Das stimmt nicht, sagt Marlen laut, dass sie mich nicht haben will. Es ist nur schwer, weil mein Vater weg ist, der Arsch, und Geld haben wir auch nicht, und dann schreit sie mich manchmal an oder es gibt kein Essen, und dann lauf ich von zu Hause weg. Aber nur für ein paar Tage, ich komme immer wieder, und dann freut sie sich. Was ist mit deinem Vater, gibt der dir Geld?

Dein Vater, sagt sie, und es klingt, als würde sie sagen, tu deine dreckigen Socken weg, dein Vater darf nicht mehr hierher. Hast du gehört, Hannah, wenn er klingelt, machst du ihm nicht auf. Ich nicke und starre auf den Boden, ja ich hab verstanden, ich mach ihm nicht auf. Guck mich an, Hannah, sagt sie, versprich's mir, und ich hebe langsam den Kopf und schau geradeaus, seh' ihren Hals und trau mich nicht weiter, ich weiß, dass ihr Gesicht fehlt, ich will es nicht sehen, ich weiß es.

Agnes klopft an die Tür, ich muss zu Herrn Knauf, das muss ich hier jeden Tag. Hallo Hannah, sagt Herr Knauf und lächelt. Er ist dick und schwitzt und lächelt immer dabei, er ist nett, aber ich will nicht mit ihm reden, er ist kein Zahnarzt.
Wie geht es dir heute, fragt Herr Knauf und ich schaue in den Baum vor dem Fenster, die Blätter sind gelb. Mir geht es gut, sage ich, kann ich jetzt gehen? Herr Knauf seufzt. Weißt du, Hannah, ich glaube, du solltest mit mir reden. Vielleicht gibt es ja etwas, das du mir erzählen möchtest. Manchmal tut es gut, über solche Dinge zu reden, weißt du.
Draußen bewegen sich die Blätter im Wind, eins löst sich

vom Baum und fällt runter, der Wind weht es ein bisschen hin und her. Ich hab nichts zu erzählen, sage ich.

Herr Knauf macht den Mund auf, und zu, und dann wieder auf. Willst du vielleicht ein Bild malen? Das hab ich schon, mit Agnes, ich hab Sonnenblumen gemalt.

Ich darf gehen.

Auf dem Gang steht Agnes mit zwei Fremden, Besuch für dich, Hannah. Hallo Hannah, ich bin's, deine Tante Susi, sagt die Frau, und der Mann nickt, ja Hannah, das ist deine Tante Susi, das ist deine Tante. Ich gucke die Frau an und den Mann und ich kenne sie nicht. Sie erinnert sich nicht mehr, sagt Agnes, das gehört zu den Symptomen, das kommt wieder. Du kannst jetzt ins Zimmer gehen, sagt Agnes zu mir, Tante Susi kommt dich später wieder besuchen. Ich laufe zur Treppe, langsam, ich muss nachdenken.

Dann stimmt es also wirklich, dass Hannah dabei war, sagt die Frau, die Tante Susi heißt. Wie grauenvoll, ich hab diese Fotos gesehen. Ich hätte nie gedacht ... mit einem Küchenmesser...

Ich laufe schneller, Küchenmesser, Küchenmesser, ich schneide Zwiebeln und ich muss weinen, in eine gute Tomatensauce gehören Zwiebeln, sagt sie und ich schneide weiter. Es riecht nach Essen, bald gibt's Spaghetti, alle Kinder mögen Spaghetti, sagt sie und lacht, ich dreh mich zu ihr um und will ihr die Zwiebeln zeigen, ich hab sie ganz klein geschnitten diesmal extra, und ich seh' sie an und ihr Mund zerfließt und dann ist alles rot, und ich lauf schneller, ich denke nicht.

Gedanken sind wie Zähne, wenn sie schlecht sind, muss man sie ziehen, ich weiß das, ich weiß das doch, ich kann das schon selber. Und wo der Zahn war, ist dann eine Lücke, aber es tut nicht mehr weh, der schlechte Zahn ist ja weg. Nur wenn man mit der Zahnbürste dran stößt ans Zahnfleisch da aus Versehen, tut es noch mal kurz weh und man muss die Augen zukneifen. Aber wenn man sie wieder aufmacht, ist der Schmerz weg, und man vergisst die Lücke.

Lisa Bendiek, 1988 in Rüdesheim am Rhein geboren, machte 2007 ihr Abitur. Zurzeit lebt sie in Dar es Salaam, Tansania, wo sie noch bis Juli 2008 ein Freiwilliges Ökologisches Jahr bei der Deutsch-Tansanischen Partnerschaft e.V. (DTP) absolviert. Bisherige Veröffentlichungen: Beiträge in »Als wäre jemand in der Nähe. Anthologie des 20. Treffens Junger Autoren 2005« (2006) und auf www.little-arthur.de, einem Projekt des Mainzer LiteraturBüro e.V.

Sara Heristchi

in der nähe vom stadthafen

lange weilen wir
auf dieser mauer
betrachten wir
unsere schuhe

ich klappere du kaust
an einem grashalm
jedes schild steckt
fest in der straße

dir wird nie kalt

trübe tropfen
graben sich
zwischen meine zehen

immer warte ich
vergebe
dem mangel an schirmen
und roten stiefeln

ich meine du
siehst es auch:
da sinkt mein
papierschiff

Sara Heristchi, 1985 in Lich geboren, verbrachte nach dem Abitur zwei Jahre am Manatee Community College in Bradenton, Florida (Abschluss: Associate in Arts Degree). Seit 2007 studiert sie Amerikanistik und Historische Ethnologie an der Johann Wolfgang Goethe-Universität in Frankfurt. Bisherige Veröffentlichungen und Auszeichnungen:

zwei englische Gedichte im amerikanischen Collegemagazin »Pentangle« (2006); Preis für »Outstanding Achievment in Creative Writing Poetry« des Manatee Community College (2006).

Olga Erbe

Emigration, Integration, Frustration

Integration, Integration, Integration ... Das Thema ist heutzutage in. Jeder sich respektierende Politiker in Deutschland fühlt sich fast verpflichtet, dazu etwas zu sagen. Aber was gibt es groß zu diskutieren? Natürlich müssen die Ausländer sich anpassen oder zumindest sich bemühen, dies zu tun, na ja ... oder zumindest sich bemühen, nichts zu tun, was ihrer Anpassung nicht zugute kommt ... oder zumindest so tun, als ob sie sich bemühen würden... Ach nein, das Letzte soll nicht berücksichtigt werden, das Letzte habe ich nicht so gemeint – das kommt oft vor, dass man falsch verstanden wird, wenn man Goethes Sprache nicht mit der Muttermilch aufgenommen hat, sondern durch Disziplin, die offensichtlich nicht gereicht hat, im Unterricht erlernt hat. Damit habe ich nur gemeint, dass die Ausländer sich in die deutsche Gesellschaft integrieren müssen. Ich zum Beispiel gebe mir richtig Mühe und das jeden Tag. Manchmal klappt es und manchmal eben nicht.

Heute fängt mein Tag um 5.40 Uhr an. Theoretisch könnte er auch um 6.00 Uhr anfangen, aber da hat meine weißrussische Mentalität etwas zu meckern. Als ich Au-pair-Mädchen war, habe ich meine Gastmutter einmal gefragt, warum sie sich überhaupt nicht schminke. Sie meinte, sie halte es für reine Zeitverschwendung und verbringe lieber noch dreißig Minuten im Bett oder am Frühstückstisch mit ihren Kindern. Ich finde ihre Argumente sinnvoll und sehr gut vertretbar, doch ich kann nicht ungeschminkt hinaus. Das ist es! Bereits um 5.45 Uhr scheitert mein erster Integrationsversuch für den heutigen Tag. Oder?! Das stimmt nicht so ganz. Die Lippen bleiben ohne Lippenstift! Das ist ein Fortschritt, nein besser gesagt, ein Schritt Richtung Deutschland. Und da sollte Deutschland meinem Ehemann und deutschen treuen Bürger einen offiziellen Dank aussprechen. Diese Änderung meines Bewusstseins hat er alleine, durch unmenschliche Anstrengungen bewirkt. Da ist er ein ganz Ausgefuchster, mein deutscher Ehemann, und bleibt immer konsequent. Wer eine osteuropäische Frau hat, muss jetzt höllisch aufpassen, denn ich verrate gleich, wie ein deutscher Mann einer osteuropäischen Frau Lippenstift abgewöhnen kann. Bei mir ging es so: Erst mal küsste mein Mann mich nie, wenn ich Lippenstift trug, stattdessen schaute er mir tief in die Augen mit einem tragischen Blick und sagte, dass er mich am liebsten küssen würde, doch da ich schon wieder dieses eklige Zeug auf meinen Lippen hätte, werde er leider daran verhindert. So, so, sagen manche von euch, für reine Wollust hast du deine Identität aufgegeben. Das ist aber gar nicht so, wie es aussieht! Lange gab ich nicht auf, lange kämpfte ich auf dem Feld unserer Beziehung und – habe verloren. Eine Niederlage muss man auch akzeptieren können und ich tue es. Mit einer heimtürkischen (ich meinte natürlich »heimtückischen«) Methode hat mein Mann der Verwendung des Lippenstiftes einen tödlichen Schlag verpasst. Eines Tages fing er an, mir Komplimente zu machen, was er normalerweise nie tut. Genau genommen sagte er jedes Mal, wenn er mich ohne Make-up sah, dass ich außergewöhnlich gut und natürlich aussehe. Und als wir stark geschminkte Frauen auf der Straße trafen, flüsterte er mir ins Ohr: »Schau dir die alte Hexe an« oder »Man sieht ja richtig jede Falte bei ihr« oder »Pfui« oder machte eine Geste, die man nur mit Worten »Ich kriege Gänsehaut« deuten konnte.

Um 6.45 Uhr tusche ich mir also die Wimpern und lege eine dünne (aber wirklich sehr dünne, so dass ich noch natürlich aussehe) Schicht Make-up auf meine Haut auf. Der Lippenstift bleibt fort und damit steht es eins zu eins im Duell gegen meinen deutschen Ehemann.

Weiter beim Schuhe Anziehen gewinnt meine deutsche Natur eindeutig, die zehn Zentimeter hohen Absätze blieben aus, dafür liegen sie aber im Schrank, meine 27 Paar Stöckelschuhe, wovon ich ein Exemplar einmal pro Jahr zu einem besonderen Anlass anziehen kann.

In der Straßenbahn auf dem Weg zur Arbeit verläuft alles relativ ruhig, ohne innere Konflikte. Allerdings habe ich unvorsichtigerweise etwas Weißrussisches zugelassen. Genauer gesagt holte ich einen Band von J. P. Sartre aus meiner Tasche und fing an zu lesen. Erst im Nachhinein, nachdem die Hälfte meines Weges zurückgelegt war, bekomme ich die Erleuchtung, dass kein normaler deutscher Bürger auf diese Idee um 7.30 in der Straßenbahn kommen würde. Es ist zu spät, sich noch schnell eine Bild-Zeitung oder eine Frankfurter Allgemeine zu besorgen.

Ich steige in die U-Bahn um. Hier ist alles wie immer: Ich setze mich hin; es kommt ein Mann herein, der offensichtlich nichts von Körperhygiene hält, und obwohl die Bahn relativ leer ist, setzt er sich neben mich (das passiert mir sehr oft und nicht nur in Frankfurt); ich fange an nachzudenken, ob ich meinen Platz wechseln sollte; die Bahn füllt sich und ich fange an nachzudenken, was für mich gerade unerträglicher wäre, den Gestank zu verdrängen oder um 6.45 morgens 20 Minuten in der Bahn im Stehen zu verbringen. Nach langem Überlegen erweist sich die erste Alternative als lebensverlängernde, ich stehe auf, die Bahn hält, Holzhausenstraße, ich steige aus.

Emilia und Philip warten bereits an der Tür. Emilia geht allein zur Schule, Philip bringe ich in den Kindergarten. Auf dem Weg sieht Philip fliegende Tauben und meint, dass es sehr praktisch für sie sei: Falls sie vor einem verschlossenen Tor stehen, können sie da einfach drüberfliegen und Menschen nicht. Ich teile seine Enttäuschung und füge hinzu, dass die Menschen leider nur mit dem Flugzeug fliegen können. Philip ist fasziniert, dass ich bereits so oft mit dem Flugzeug gereist bin, und fragt nach, ob er es richtig in Erinnerung hat, dass ich eigentlich aus Weißrussland komme und dann nach Deutschland umgezogen sei. Im Laufe des Gesprächs ist er zwar etwas verwirrt, dass Minsk nicht in Thüringen, wo meine Hochzeit stattfand, liegt, doch ich kläre ihn, soweit ich es kann, geografisch auf.

So verlasse ich den Kleinen in seinem superfördernden Montessori-Kindergarten unter den Kindern reicher, selten grüßender Eltern. Er wird derzeit von seinen zwei Freunden verachtet, die vor Kurzem zusammen mit ihren Eltern einen Urlaub auf Mauritius verbracht haben. Ich hoffe, er kommt damit klar. Philip ist lieb und hat mich bereits vor einem dieser gemeinen Kameraden verteidigt, nachdem derjenige mich als »nichts zu sagen habende, blöde Putzfrau« bezeichnete. Dafür kriegt Phil morgen eine Tüte Gummibärchen von mir.

Zunächst gehe ich in die Uni-Bibliothek, um dort einen Kaffe zu trinken, da mein Jura-Kurs erst um zehn anfängt. Ich glaube, die meisten Studenten verfolgen das gleiche und ausschließlich dieses Ziel in der Bibliothek. Oder vielleicht kommt es mir nur so vor, dass die Cafeteria immer viel dichter als der Lesesaal gefüllt ist. In dieser Hinsicht ist es genau so wie in meiner Heimat. Also keine inneren Konflikte hier.

Ich verspäte mich anschließend zum Jura-Kurs und versuche schnell alles von der Tafel abzuschreiben. Von meiner Nachbarin kann ich auch gut abschreiben, sie macht es ordentlich: Mit blauem, gelbem und rotem Marker unterstreicht sie besonders wichtige Informationen. Anders bei mir: alles chaotisch, alles durcheinander und mit Rechtschreibfehlern, an ihrer Stelle würde ich es gar nicht versuchen, bei mir etwas abzuschreiben. Diese Marker und Korrekturstifte finde ich absurd. Zwar scheint es tatsächlich die Lernproduktivität zu erhöhen, so steht es zumindest in dem Buch über die Lernmethoden, was ich gerade gelesen habe, doch ich weigere mich aus Prinzip, dies zu tun. Das ist doch einfach verrückt, im Alter von 23 Jahren mit solch einem rosafarbenen Stift herumzulaufen. Ob es typisch deutsch sei, fragen Sie mich? Bevor meine russische Freundin, die einen Parallelkurs besucht, nicht erzählt hat, dass in ihrem Kurs jeder zweite mit dem Lineal Überschriften unterstreicht, dachte ich das auch nicht. Sie sagen vielleicht: »Juristen, haben doch alle einen Vogel.« Das stimmt schon, doch meine georgische Freundin studiert Filmwissenschaft und dort läuft es gleichermaßen, mit dem Lineal, ab. Ich bleibe stur: »Leb hoch, mein hässliches Heft!«

Nach dem Kurs gehe ich nach Hause mit dem festen Entschluss zu lernen. Hier gibt es aber viel zu erledigen: Essen zubereiten, essen, sich nach dem Essen entspannen, spülen, aufräumen, bügeln, mit der Freundin telefonieren, um feststellen zu können, dass sie heute auch nach dem Kurs nach

Hause ging mit dem festen Entschluss zu lernen, sich nicht mehr alleine mit meinem Problem fühlen, ein Buch über Lernmethoden lesen, Müdigkeit verspüren, die Tatsache des morgigen Frühaufstehens realisieren, sich abschminken und ins Bett fallen. Mein Mann kommt nach, er sagt, er habe meine Praktikumsbewerbung für den Hessischen Landtag durchgelesen und korrigiert, und es sei gut so, sonst würden sie mich auf keinen Fall nehmen. Er fügt hinzu, sie würden mich sowieso nicht nehmen. Ich bin beunruhigt und schlafe erst gegen Mitternacht ein. Ich sitze in einem Apfelwein-Express und saufe mit Heine. Wir fahren an meiner aus politischen Gründen geschlossenen Uni in Minsk vorbei. Er sagt, ich müsse meinem Studium mehr Zeit widmen. Er hat leicht reden, er hat einen reichen, großzügigen Onkel und ich habe Philip und Emilia morgen um 7.00. Heine steigt aus, mein Deutschlehrer von der Volkshochschule steigt ein und fragt, ob ich »Le Grand« bis zum Ende gelesen habe. Ich überlege, ob ich ihm erzählen soll, dass Heine mir gerade eine seiner Ideen höchstpersönlich vermittelt hat. Plötzlich sind alle weg. Ich stehe an der Haltestelle und sehe zu, wie die Bahn sich von mir entfernt. Ich erkenne die Gegend nicht, es ist nicht mehr Minsk, es ist auch nicht in Frankfurt. Ich bin hier ganz allein, an einer Haltestelle in der Wüste. Die Bahn gibt ein Abschiedssignal … Ich könnte mich einsam und verloren fühlen, aber das tue ich nicht. Ich bin froh, an dieser Haltestelle ganz allein zu sein. Es hätte schlimmer kommen können: keine Neonazis rechts von mir und keine gewalttätigen ausländischen Jugendlichen links. Die Bahn gibt ein Abschiedssignal. Es ist wieder 6.40 Uhr.

Olga Erbe, 1984 in Minsk (Weißrussland) geboren, studierte von 2001 bis 2003 Internationales Recht an der Universität Minsk. 2004 begann sie ein Jurastudium an der Johann Wolfgang Goethe-Universität in Frankfurt am Main.

Katrin Pitz

weder ganz noch kaputt

zwischen einem atemzug und dem nächsten finden wir
satzzeichen eines vergangenen gesprächs

zwei finger breit auf der karte
hört man herztöne in fremden frequenzen
was in butterbrotpapier gewickelt an damals erinnert
ist von sandkörnern angeraut

du sagst, wir seien halsabwärts gesund
ich schweige und finde, das ist nicht genug

Katrin Pitz, 1989 in Marburg-Wehrda geboren, ist Abiturientin an der Lahntalschule Biedenkopf. Bisherige Veröffentlichungen: Beiträge in: »Hinter der Stirn« (Anthologie des Treffens Junger Autoren 2004), »Ausgewählte Werke VII« (2004) und »Ausgewählte Werke X« (2007) der Bibliothek deutschsprachiger Gedichte, »Nagelprobe 23« (2006) und »Nagelprobe 24« (2007).

Simone Schröder

Weihnachten

Auf den Dielen lagen Nadeln von Tannenzweigen. Am Nachmittag hatte sie einen Weihnachtsbaum gekauft. Sie saß am Esstisch im Wohnzimmer und trank Tee. Durch die Wand war die Stimme eines Mannes zu hören, der schrie. Die Wände im Haus waren dünn. Und sie hörte, wie der Mann rief: »Verdammte Scheiße«, dann schlug eine Tür und sie hörte einen dumpfen Schlag. Sie wohnte noch nicht lange im Haus. Nachts erschrak sie manchmal, wenn jemand von ganz oben einen Sack Müll in den Müllschlucker warf. Die Metallklappen knallten und die Müllbeutel schlugen links und rechts an die Wände des Schachts, so dass sie aus dem Schlaf aufschrak. Tagsüber war es leiser als nachts. Sie fragte sich, ob sie die Einzige sei, die im Bett läge und versuchte zu schlafen und alle anderen wären auf und machten die Nacht zum Tag. Sie dachte dann an Johannes, der in diesem Haus verrückt würde.

Sie zündete die Kerzen auf dem Adventskranz an. Draußen hatte es angefangen zu schneien und sie hatte dieses weihnachtliche Gefühl, auch wenn Johannes sagen würde: »Das ist doch nur Industrieschnee.« Johannes wollte über die Feiertage zu seinen Verwandten nach Bayern fahren, wo man Skilaufen konnte, wenn genug Schnee lag. Seit sie bei ihm ausgezogen war, hatten sie nicht mehr miteinander gesprochen.

Durchs Fenster sah sie, wie jemand im Haus gegenüber eine Lichterkette am Balkon anbrachte. Nach einer Zeit blinkten die Lichter im Rhythmus und wechselten ihre Farben. Die Häuser auf der anderen Seite waren nicht einmal zwanzig Meter entfernt. Dazwischen lag ein Innenhof, wo Autos parkten. Im Gebäude gegenüber waren verschiedene Büros. Abends, wenn die Angestellten gegangen waren, kamen die Putzfrauen. Manchmal machte eine das Fenster auf und rauchte eine Zigarette. Dann war es schon passiert, dass sie sich angeschaut hatten. Vom einen Fenster zum anderen, und sie hatte überlegt, ob sie winken sollte.

Als es an der Tür klingelte, zuckte sie zusammen. Sie erwartete keinen Besuch. Sie ging durch den dunklen Flur und öffnete die Tür einen Spalt breit. Auf dem Gang stand der Postbote. Seine gelbe Jacke leuchtete im Licht. Er hatte eine Baseballkappe auf. Darunter kam sein hellblondes Haar hervor. Es stand in alle Richtungen ab. Wie ein Heiligenschein, dachte sie. Er fragte, ob sie Frau Thielmann sei. Sie nahm das Paket und unterschrieb. Ihre Unterschrift sah auf dem Computer, den er ihr dafür hingehalten hatte, anders aus als sonst. Eine zackige, verpixelte Linie.

Sie legte das Paket neben den Adventskranz auf den Tisch. Mit einer Schere schnitt sie das Paketklebeband durch. In Packpapier gewickelt lagen ihre Bücher, einige T-Shirts und mehrere CDs. Sie trank einen Schluck Tee und schaute aus dem Fenster. Draußen hatte sich der Schnee bereits über Autodächer, Fahrradsattel und Mülltonnen gelegt. Sie schaltete das Radio an. »Die Chancen auf weiße Weihnachten stehen gut«, sagte der Sprecher. Sie hörte noch den Anfang des nächsten Songs, dann schaltete sie das Radio wieder aus.

Simone Schröder, 1986 in Frankfurt am Main geboren, studiert seit 2007 Allgemeine und vergleichende Literaturwissenschaften, Politikwissenschaft und Spanisch in Mainz. Bisherige Veröffentlichungen: Beiträge in »Nagelprobe 22« (2005) und »Nagelprobe 24« (2007); 2007 Preisträgerin des Essaywettbewerbs des »MERKUR«.

Isabel Teschke

Stadtbild

I.

In meiner Erinnerung sehe ich Mannheim im Regen. Grau, nicht kalt. Ich weiß, da sind auch Sonntage und Sonnentage mit Gänseblümchenwiesen und Patchwork-Familien, die auf dem öffentlichen Rasen Baseball spielen. Dann die Rentnerinnen, die sich über die Hundekacke auf dem Weg beschweren und die Scheiße ihres Kläffers in Gefrierbeuteln mit nach Hause tragen.

Drei Türkinnen fahren im Cabrio an mir vorbei. Auch das Auto trägt Kopftuch.
 Ich steige in den Bus und lächle in den Freitagabend. Der Dunkelhäutige schräg gegenüber hört Soul und wippt mit dem Kopf. Der Bus fährt eine große Runde, von Weitem sieht man das Wohnheim. Davor Brachland. Eine Mondlandschaft. Hier soll bald gebaut werden.
 Zwei Frauen unterhalten sich über Anna. Anna hat keinen Abschluss, keinen Job. Anna hat mit ihren 23 Jahren noch nichts geleistet, sagt die eine. Ich frage mich, was mich von Anna unterscheidet.
 Der Bus fährt durch Neckarstadt. Keine grauen Hochhäuser, Pastelltöne. Hier ist gebaut worden. Mittlerweile hat alles eine einheitliche Tarnfarbe. Ich denke an den Regen, der die Dächer abwäscht. Zwischen all den Häusern: ein Honigkuchenpferd.

Freitags riecht es nach Schokolade. Nach warmer Milchschokolade. Ich schwimme in Schokolade, die Haut zartschmelzend. Die können alles imitieren. Diese Chemiefirma, die künstliche Geschmacksstoffe herstellt. Ich bin sicher, die Polizei testet eine neue Methode der Gewaltprävention.
 Die Stadt hat einen trägen Puls. Das hat was zu tun mit dem Bassbeat und den tiefer gelegten Karren, die an der

Haltestelle vorbeiwummern, mit der Hitze und mit dem Gefühl, dass die Nacht hier mehr sein könnte.
Die Bahn riecht nach Schweiß und Zigaretten, alten Pizzakartons. Früher oder später riecht hier jeder so.
Ich steige aus und laufe hinter zwei Jungs her, die auch zurück zum Wohnheim gehen. Durch das Wohngebiet, fast Industriegebiet. Als kleines Kind hätte ich die Spielstraßen hier geliebt. Jetzt sehe ich: alles planiert, asphaltiert. Der Regen macht keine Pfützen. Ich sehe den Buchsbaum, der in einer Bärchenform aus Draht steckt, aber die Pfötchen und Öhrchen wachsen immer noch nicht. Am Wohnheim nimmt mir der Lindenblütenduft den Atem.
Es gibt Nächte, da brennt die Industrie am Neckar überschüssiges Gas ab. Durch den Dunst siehst du es blinken.

Dann stehe ich mit dem Sonntagabend vor meiner Wohnheimtür. Ich habe den Schlüssel und mache uns auf. Der Sonntagabend streckt sich auf meinem Bett aus, während ich den Kühlschrank einräume. Das Toastbrot ist schon wieder verschimmelt.

II.

Die beiden Straßenlampen vor meinem Fenster funken wieder Morsezeichen. Die Stadt hat in Energiesparlampen investiert, jetzt leuchten sie immer abwechselnd. Ich stelle ein Teelicht aufs Fensterbrett und denke: Jetzt flackern wir gemeinsam.
Ich lehne mich aus dem Fenster, weil ich den Wind suche. Stattdessen: warme Schokolade, das ist das Mannheimer Wetter. Ich denke an Erdbeerjoghurt und deine nackte Haut.

Ich komme zurück. So sauber habe ich die Straßenbahnfenster noch nie gesehen. Ich schaue raus und die Stadt glitzert zurück. Der Fluss bleibt dumpf, behält sein Licht für sich. Reinstürzen und verschwinden. Stromabwärts, Richtung Chemiewerk.
Ich bin hin- und hergerissen. Ich weiß nicht, ob ich dir zuerst erzählen soll, dass am Rosengarten ein Starbucks auf-

gemacht hat oder dass in der Leuchtreklame von Christian's Fahrschule das »Chris« nicht mehr leuchtet.

Du hast das einzige zweigeteilte Fenster im ganzen Wohnheim, sagst du zu mir und ich fühle mich außergewöhnlich. Im größten Wohnheim der Stadt. Im Brachland nebenan: der größte Kaninchenbau.

Wir stehen unter dem Baum, der diese kleinen gelben Früchte hat. Mirabellen, frage ich. Dann bewerfen wir die Mondhügel.

Die Straßen sind verbarrikadiert. Ungarische Kleintransporter fahren im Schritttempo durch das Wohngebiet. Alle Obdachlosen und Hobbybastler sind gekommen. Das ist der Ausnahmezustand. Kinder bewachen Müllhaufen. Ein alter Türke gebietet aus seinem Polstersessel über die Ansammlung neben ihm. Morgen ist Sperrmüll. Wenn noch was übrig bleibt.

So spät geht kein Bus mehr und auf dem Rückweg aus der Innenstadt tun wir es wieder nicht im Schwimmbad, nicht in der Ecke im Park. Harmlos, wie immer. Wir nehmen die Mittelachse des Quadrats, die führt nach Hause. Hier verläuft man sich nicht.

Wir stranden im GEZET, da ist noch Licht. Wir trinken mit, weil jemand eine Runde gibt. Ich drehe mich ein paar Mal, du hältst meine Hand. Der Song ist gut. Ich bleibe an dir hängen.

Kommst du noch mit hoch?

Mittags gehen wir in Herzogenried schwimmen. Ein Bad in der Menge. Bei 40° C bleibt am Abend eine trübe Suppe. Wir sind ausgekocht. Der ganze Block, zusammengeschmolzen. Du und ich, wir sind die Exoten.

Wieder sitze ich im Fenster, die Lampen flackern ihre Codes in die Nacht. Der Fernsehturm hat einen anderen Rhythmus. Noch 27 Grad. Heute Nacht bleiben wir wach, die ganze Viertelmillion. Morgen muss ich früh raus. Das Gewitter aus dem Fernsehen kommt nicht.

Ich tausche deine Arme gegen den Schweiß der Menge. Seid ihr dabei, Mannheim? Dreißigtausend sind gekommen. Als es dunkel wird, sind wir die Stadt. Wir kleben aneinander. Heute Nacht wird es nicht kalt.
Später werden wir in der Masse aus der Hafenzone geschwemmt. Bei dir angekommen, wasche ich mir den Staub von Füßen und Gesicht. Der August ist bald vorbei. Gemeinsam schwitzen wir aus.
Gestern kam ich an der Fabrik vorbei. Jetzt ist es nur noch Schokolade.

Isabel Teschke, 1986 in Darmstadt geboren, absolviert seit 2006 ein duales BWL-Studium mit Fachrichtung Industrie an der Berufsakademie Mannheim. Bisherige Veröffentlichungen: Beiträge in »Nagelprobe 22« (2005), »Nagelprobe 23« (2006) und »Nagelprobe 24« (2007).

Weitere Preistexte

Florian Balle

Linkshänder

für H.

Es ist doch alles nach Plan verlaufen:

Ich war im Zug.
Ich bin im Zug.

Damit mir niemand ins Gesicht sehen kann,
schaue ich aus dem Fenster.
Doch da sehe ich mich;
makellos in Spiegelschrift.
Und meine Stirn,
vor einem ganz unruhigen Hintergrund.
Ich muss schnell eine Verbindung suchen:

Entschuldigung – Danke.

Florian Balle, 1986 in Kassel geboren, studiert Kreatives Schreiben und Kulturjournalismus an der Universität Hildesheim. Bisherige Veröffentlichungen: Beiträge in den Anthologien »Destillate. Literatur Labor Wolfenbüttel 2005« (2005), »Nagelprobe 23« (2006), »Nagelprobe 24« (2007) und »Salto mortale – Wie wir leben. Nordhessische Gegenwartsliteratur« (2008).

Jasmin Bill

Wir sind doch alle gleich!

Hektisch lief Mary von ihrem Zimmer zum Bad und zurück. Heute war ihr erster Tag an der neuen Schule. Vorher war sie auf einer Schule für afroamerikanische Schüler gewesen, wo sie sehr erfolgreich war. Jetzt, auf dem College, würden die Schüler aus aller Welt aufeinander treffen.

»Mary, wenn du dich nicht beeilst, wirst du zu spät kommen!«, rief ihre Mutter durchs Haus. »Ich komme!«, schallte es zurück. Sie rannte die Treppe hinunter, schnappte sich ihr Frühstück, gab ihrer Mutter einen Kuss und verschwand durch die Tür.

In der Schule gab es zur selben Zeit schon die ersten Streitereien.
»Hey Justin, deine Waise kommt!«
»Halt die Klappe! Ihr kennt sie doch gar nicht!«, schimpfte Justin zurück und schaute zu Ashley: »Hey Schatz, hör nicht auf die, die reden nur!«
»Seit der letzten Klassenfahrt wissen alle, dass ich im Waisenhaus wohne ...«
»Denk nicht weiter drüber nach, komm, lass uns reingehen. Ich will sehen, ob wir jetzt auf dem College viele neue Schüler dazubekommen.«

Die Schüler wurden in ihre Kurse eingeteilt und auch gleich auf die bevorstehende Schulsprecherwahlen angesprochen. Man könne sich auch zu zweit aufstellen lassen.
»Möchte denn schon jemand kandidieren?«, fragte der Lehrer die Klasse nach seinem Vortrag.
Mary und Ashley meldeten sich.
Ein Raunen ging durch die Klasse: »Na super, 'ne Waise und 'ne Schwarze!«
»Na, ich muss doch sehr bitten!«, ermahnte der Lehrer die Klasse, wurde jedoch vom Klingeln, das an die Pause erinnerte, unterbrochen und die Schüler verließen lachend

den Saal. An Ashley und Mary gewandt, meinte der Lehrer noch, »Wenn ihr zwei kandidieren wollt, dann lasse ich euch aufstellen.«

Vier Wochen später fand die Wahl statt. Die angehenden Schulsprecher standen in der Aula auf der Bühne. Mary, die Afroamerikanerin, Ashley, die Waise, und drei Jungs mit heller Hautfarbe. Mary war als Erste an der Reihe.

»Hi, ich bin Mary«, begann sie, als plötzlich jemand »Wir wollen hier keine Afros!« in den Raum schrie. Mary war geschockt, doch sie begann von Neuem. »An meiner alten Schule war ich Klassensprecherin und habe sehr viele Projekte durchsetzen können. Ich habe auch kein Problem, mich mit Lehrern auseinanderzusetzen ...«

»Halt die Klappe!«, tönte es aus den vorderen Reihen.

»Nur weil ich eine andere Hautfarbe habe, wie viele von euch? Soll ich deswegen nicht ernst genommen werden? Warum? Kennt ihr nicht die Menschenrechte? Alle Menschen sind doch gleich!«

Einige Schüler applaudierten. Ashley trat nach vorne und nahm Mary das Mikrofon ab.

»Warum macht ihr sie so fertig? Glaubt ihr, sie denkt anders, nur weil ihre Hautfarbe dunkler ist als unsere? Sie will doch dasselbe durchsetzten wie ihr auch! Gerechtigkeit an der Schule und unser aller gemeinsamen Interessen vertreten! Ein Senator in Amerika hat mal gesagt: ›Es gibt kein weißes und kein schwarzes Amerika, kein reiches und kein armes – es gibt nur die Vereinigten Staaten von Amerika!‹ Versucht doch mal diesen Satz auf die Schule zu übertragen. Diese Schule soll doch nicht geteilt werden! Wir sollen, wir wollen doch eine Gemeinschaft sein! Und genau das will Mary doch auch, sie will Gleichberechtigung unter allen Schülern, damit die Gemeinschaft unserer Schule zusammenwächst! Warum wollt ihr ihr keine Chance geben?«

Im Raum machte sich Stille breit, man konnte förmlich spüren, wie Ashleys Worte in die Köpfe der Mitschüler krochen.

»Danke, dass du dich so für mich einsetzt, aber ich glaube,

das hat keinen Zweck, es wird immer Leute geben, die was gegen die haben, die anders sind als sie selbst. Ich hatte gehofft, dass man auf dem College alt genug ist, um diejenigen zu akzeptieren, die anders sind als man selber, aber das scheint nicht so zu sein«, sagte Mary traurig. Sie sah in die Menge, in die Gesichter der Jungen, die sie beschimpft hatten, drehte sich um und verließ die Bühne.

In der Halle war es mittlerweile so still, dass man eine Stecknadel zu Boden hätte fallen hören können. So erschien der Schlag, mit dem die Tür zur Halle zufiel, umso lauter und einige Schüler zuckten erschrocken zusammen.

Alleine und verlassen stand Mary im Flur und wusste nicht, was sie machen sollte, wo sie hingehen sollte. Als ob nicht alles schon schlimm genug wäre, kam der Junge, der sie beschimpft hatte, auf sie zu.

»Hi, ich bin Ben. Hör zu, es tut mir leid, was ich gesagt habe und dass ich die anderen dazu angestiftet habe. Ihr habt recht. Du und Ashley, ihr habt beide recht. Ich habe einen Fehler gemacht und möchte mich entschuldigen.«

Jasmin Bill, 1991 in Frankfurt am Main geboren, besucht die gymnasiale Oberstufe der Gesamtschule Ober-Ramstadt.

Lena Hammerschmidt

Im Bett

Du drehst dich um im Schlaf und unsere Hintern berühren sich nun. Ich könnte vergessen, dass du im wahren Leben größer bist als ich.

Ich kann nicht schlafen, denn mein Herz rast, als wolle es fort von hier, dabei ist es so ruhig wie an keinem anderen Ort der Welt. Nicht, dass ich das wissen könnte, aber ich weiß es. Ich könnte mich umdrehen und deinen Rücken betrachten, mir Zeit nehmen und mit dem Finger die Wirbelsäule entlangfahren, den einzelnen Wirbeln Namen geben wie den Kindern, die wir nie haben werden. »Was würde dir gefallen?« »Kolja für einen Jungen.« »Niemals.«

Ich könnte immer liegen bleiben, Hunger habe ich nicht, du bist da. Die Uhr auf dem Nachttisch zeigt kurz vor sieben. In nur 24 Stunden soll das Leben so anders aussehen. Ich will liegen bleiben.

Ich will mit dir in einem Spielfilm verschwinden, einem aus den Siebzigern, ein DEFA-Streifen in verschwommenen Farben, die so aussehen, als würde es dort immer ein bisschen nach Herbst riechen. Wir bleiben in der Gartenhütte, los, wir bleiben hier. Wir bauen Kartoffeln an und Mohrrüben und blicken ins Tal und sitzen am Abend vor dem Kamin und schauen aufs Feuer und hören unser Glück darin knacken. Los, wir bleiben hier. Du duftest nach Schweiß und schmeckst nach Salz. Ich könnte mit meinem Fuß nach deinem suchen und dich wach streicheln.

Du drehst dich um im Schlaf und ich vermisse deinen Hintern im selben Augenblick schon. Dein Atem fröstelt meinen Nacken, die Gänsehaut wandert bis zu den Waden. Die Uhr zeigt kurz nach sieben. Wenn ich mich beeile, bin ich zum Frühstück zu Hause.

Lena Hammerschmidt, 1982 in Suhl geboren, studierte in Leipzig Kommunikations- und Medienwissenschaften sowie Kulturwissenschaften. Seit 2006 lebt sie in Berlin und arbeitet dort in einem Buchverlag. Bisherige Veröffentlichungen: Beiträge in »Nagelprobe 21« (2004), »Goldfischragout. Texte aus dem Eobanus-Hessus-Schreibwettbewerb 2003–2006« (2007), »hEFt – magazin für stadt, kultur und alltag«, »Zeichen und Wunder. Vierteljahreszeitschrift für Kultur«, »L. – Der Literaturbote«, »blendwerk« und auf www.poetenladen.de. Gewinnerin des 1. Jurypreises beim Eobanus-Hessus-Preis (2006) sowie des Hörfunkpreises der Sächsischen Landesmedienanstalt 2004 für ein Radiofeature über »Heroin in Leipzig«.

Jan Lindner

Nur zu Besuch

Es klingelt an der Tür, die Klinke bebt –
du öffnest ihm und lässt dich gleich bestürzen,
er sucht im Rausch den Weg zu dir zu kürzen,
indem er auf den Küchentisch dich hebt.

Er reißt dich auf, dass deine Knöpfe springen,
mit Knalleffekt, wie Korken durch den Raum.
Längst kennt er auch die Hebel, wie im Traum –
er weiß sie zungenkosend zu besingen.

Wie Hunde hechelt ihr und ventiliert
das Hyper bald auf eine neue Stufe.
Er hat dich längst, weil er so auf dich stiert,

bis in den siebten Himmel hoch gemolken.
Doch kommt sein Würstchen mal nicht in die Hufe,
da fällst du klatsch und nass aus allen Wolken.

Jan Lindner, 1985 in Jena geboren, studiert Philosophie in Leipzig. Bisherige Veröffentlichungen und Auszeichnungen: Beiträge u.a. in »Nagelprobe 24« (2006), »Die Literareon Lyrik-Bibliothek«, »Bibliothek deutschsprachiger Gedichte«, »Begegnung – Zeitschrift für Lyrikfreunde«, »L. – Der Literaturbote«, »poet.bewegt 2007«, »Meine Nachbarn: Ausgewählte Gedichte« (2007); Othmar-Seidner-Jungautorenpreis 2006 der Gesellschaft der Lyrikfreunde.

Annemarie Michel

Das kalte Herz

Jonas betrachtet das Glas aus der Ferne. Mit der Schneekugel zu spielen wurde ihm verboten. Zu wertvoll, sagt man, und nicht für Kinderhände gemacht. Schon gar nicht für Jonas'. Nicht auszudenken, was alles passieren könnte, würde ihm das Glas aus den Händen rutschen und zu Boden fallen ... Ungeklärt bleibt, ob diese Sorge allein dem Jungen gilt oder nicht eher der bisher übervorsichtig gehüteten Kugel. Schließlich ein Erbstück seiner schon längst zu Staub gewordenen Großmutter Erltraud und mit größter Sorgfalt zu behandeln. Ein Schatz, ein wahres Heiligtum der Familie.

Nicht so Jonas, ein wilder Grobian, dem man am liebsten ein extra großes Heftpflaster auf den Mund kleben und ihn am Stuhl fesseln würde. Ganz und gar nicht so nett anzusehen wie die Schneekugel oben im Regal (übrigens drapiert wie eine Trophäe) und keineswegs so pflegeleicht! Jonas, der unverwüstliche Verwüster, ein Quälgeist und Nervenräuber ohnegleichen, disziplinlos, raffgierig, laut; kurzum: das schwarze Schaf in der sonst makellos in Unschuld gewaschenen und sittsamen Familienherde.

Jonas betrachtet also die Schneekugel. Wie gerne würde er sie in den Händen halten, den am Boden liegenden Schnee aufwirbeln und der Spieluhrmelodie lauschen ... Keine Regel der Welt, so strikt sie auch sein mag, kann, wie man ja weiß, ein schwarzes Schaf im Zaum halten, und so erst recht nicht Jonas. Und nur einen Stuhl, fünf Kissen und einen Kletterakt später hat er sein Ziel erreicht. Sich wackelig auf den Beinen haltend – fünf übereinandergestapelte Kissen bieten nun mal keine feste Standposition – greift er nach der Kugel, zieht die Spieluhr auf und schüttelt, erst ganz behutsam, dann immer kräftiger. Blütenweißer Schnee. Eben noch ein zartes Flocken von oben und im nächsten Moment schon ein unerbittlicher Wirbelsturm, der über die zwei kleinen Persönchen im Glas fegt. Diese stehen reglos da, sich fortwährend im Arm haltend, beide mit roten Winternasen und künstlichem Lächeln im Gesicht. Glücklich, anscheinend. Warum aber tun sie nichts? Warum bewegen sie sich nicht, selbst beim fürchterlichsten Sturm nicht, den Jonas durch die Kraft in seinen Armen heraufbeschwören kann?

Jonas mag die Willkür, die Kontrolle, die er über den eisigen Niederschlag im Glas hat. Dafür mag er es umso weniger, keine Gewalt über das vom Glas umgebene winzige Pärchen zu haben. Immer energischer fuchtelt Jonas also mit den Armen; immer wütender wird er, immer wackeliger sein Stuhl.

»JONAS!«, kreischt es da hysterisch von der Tür her.

Ein Aufprall, unzählige Scherben, tausende und abertausende kleiner und großer Schneeflocken, ein letzter Aufschrei der Spieluhr und wütend-verzweifeltes Heulen von Jonas. Der eben noch so glücklich anmutende Junge aus dem Glas liegt bewusstlos auf dem teuren Tibetteppich, in den jetzt langsam die chemische Flüssigkeit der Schneekugel sickert; fünf Schritte entfernt von ihm sein rotnasiges Mädchen: mit unverändertem Lächeln auf dem Gesicht und einem Glassplitter, der sich durch ihren Plastikkörper gebohrt hat, ebendort, wo einst ihr Herzchen schlug.

Annemarie Michel, 1990 in Ebersdorf geboren, besucht die 12. Klasse des Gymnasiums Christian Gottlieb Reichard in Bad Lobenstein. Bisherige Veröffentlichungen: Beiträge in »Ausgewählte Werke IX« (2006) und »Ausgewählte Werke X« (2007) der Bibliothek deutschsprachiger Gedichte.

Katrin Marie Merten

Krista

Auf der anderen Seite des Tisches: Krista, aufrecht. Krista mit schwarzen Haaren, gewachsen auf vier Zentimeter, seit sieben Jahren sehe ich zum ersten Mal Haare auf Kristas Kopf, ich starre immerzu hin, dünne Haare, ein Flaum, ein weiches Fell, Kristas Kopf unrasiert, ich kann es nicht glauben.
Ich habe einfach keine Kraft mehr. – Nein nein, es sieht gut aus, es ist schön. – Das stimmt nicht. Schönheit machen nicht einmal Haare. Kristas Kopf unrasiert und fleischarm. Einfall zwischen den Knochen: Kristas Wangengebirge. Auf beiden Seiten um Senkungen sich hinziehende Hügelketten, das Weiche abgrenzende Wangenzüge, spiegelgleich, darüber zwei grüne Seen, Gebirgsseen, hoher Wasserpegel, Eiseskälte.
Krista schiebt die Schulterspitzen nach oben, lässt sie fallen, sie hüpfen, pendeln sich aus, in die Starre ein. Krista hebt langsam ihre Hand unter dem Tisch hervor, spreizt die Finger, greift sich in die dünne Mähne, fährt ihre Schädeldecke nach hinten entlang, streckt mir die Hand entgegen: ein Flusenbüschel halbfingerlanger schwarzer dünner Fäden. Krista zieht die Hand mit einem Ruck zurück hinter die Tischkante, schüttelt sie aus neben dem Tischbein, unter der Holzplatte schweben Haare zu Boden, der Kellner wird sie wegfegen am Abend, eine Putzfrau, irgendwer wird zuständig sein.
Ausfall, was will man machen. Kristas Mund schiebt sich in Schräglage, der Versuch eines Lächelns verzerrt ihr Gesicht zur Fratze, einen Augenblick lang funkeln ihre Augen, als hätte sie sich entschlossen, in einen Kampf zu ziehen, kurz nur, ich weiß nicht, in welchen, dann legt sie ihre Hände dicht vor sich ab auf der Kante, vorsichtig. Krista stiert vor sich hin, beobachtet genau ihr Kinderspiel auf der Tischplatte: Finger nähern sich, passgenau fügen sich die Flächen der Hände aneinander, kaum Einheit, schon gleiten

sie auseinander, klammern um die Tischkante, lösen sich, suchen ihr Spiegelbild wieder. Finger falten sich um Handrücken herum und wieder ab, legen sich ausgestreckt nebeneinander, Flächen dichten sich ab, lösen sich bis zu den Kuppen, weiß gepresste Spitzen unter den Nägeln, weiter oben sehe ich den Wasserpegel steigen, ich sehe es in den Winkeln.

Der ganze Körper streikt. Ihr Mund wieder in Schieflage, ein kleiner Schultersprung. Ich erinnere Krista, die Nächte darüber sinnierte, ob Adam einen Nabel hatte: Kann er gar nicht, muss er doch. Krista im Bilde über die Unmöglichkeiten der Natur oder unserer Glaubensgeschichte, Krista widerlegt. Ich erkenne: Krista mir gegenüber, sie isst Eiskaffee. Trinkt nicht, isst. Mit dem Löffel. Kaffee in einem langen Glas mit Sahnespitze auf einem Eisberg, der größtenteils unterwasser, unterkaffee. Mit dem langstieligen Löffel sticht sie tief in das Glas, schweigt. Krista, die niemals schweigt, schweigt. Keine Adamsdebatte. Keine Analyse des Kosovo-Konflikts. Kein Anti-Bush-Plädoyer. Kein Kontra. Krista, die immer ein Kontra hat, die immer mehr weiß, die immer weiter gedacht hat als ich.

Es wird schlimmer seit Tagen, ich spüre es genau. Senkrecht sticht die Löffelspitze ins Glas. Immer wieder dieselbe Bewegung. Wenn man nicht weiß, was man tun soll, wiederholt man. *Es wird schlimmer seit Tagen? – Seit Tagen.* Krista sitzt vor mir, Krista mit schwarzen Haaren. Haare wachsen dem Körper entgegen. Wachsen aus. Wachsen aus dem Kopf, der Kopf steht dem Körper entgegen. Ein Körperausfall, der Haarausfall, der Körper fällt aus.

Mitte August habe ich einen Platz bekommen. – Mitte August. Das sind noch fünf Wochen. – Der Tagesablauf wird helfen, fürs Essen wird er helfen, Struktur. Die Löffelspitze sticht senkrecht ins Glas, schiebt sich bis zum Boden, Krista zieht sie zurück, heraus, balanciert Eisbrocken in ihren Mund, wie ein Bagger, ein Tiefgräber. Sie zieht ihre Pulloverärmel über die Hände, zieht die Enden zu Zipfeln zusammen, ballt Fäuste darum, darunter: Hände verborgen weit hinter den Rändern, weit in der Wolle, Krista halstief

in der Wolle, ein Rollkragen, Anfang Juli. *Es wird schlimmer seit Tagen. – Seit Tagen?*
Anfang Juli im Möwenpick sitzen und nicht an Möwen denken, nicht an Meer und Sand und Vögel, nicht an ihre spitzen schnellgeschossenen Rufe und nicht an Sommer, erst später, im Nachhinein denken, sich von außerhalb zurück ins Möwenpick denken, wo ich sonst nie hingehen würde und fünf Euro achtzig zahlen für Eiskaffee, aber wenn es die erste Kalorienzufuhr seit vier Tagen ist, denken, dass das Möwenpick dann nicht einmal eine dekadente Ortswahl ist, nicht einmal dekadent, sondern lebenserhaltend. Und an Leben denken, an Erhaltung, an Erhaltung und dann wieder an Leben und an Sommer denken. An Möwenpick ohne Aussicht auf Meer, nur auf eine Gebirgslandschaft, eine leere Landschaft, ein blasses Gesicht, ein Gesicht, was Linien bildet, Linien gegeneinander stehend, schiebend, sich stemmend, plötzlich: die Übelkeit, der Schwindel, *eine Attacke*, hat Krista plötzlich gesagt, *eine Panikattacke!*, am helllichten Tag im Möwenpick.

Was ist, warum? – Ich sagte ja schon: Es wird schlimmer. Krista klappt zurück, gegen die Lehne, liegt an der Bank, ihr Kopf rutscht Richtung Schulter, der vier Zentimeter lang bewachsene, der flaumig behaarte Kopf klappt einfach um, zur linken Seite um, ihre Augen schließen sich, öffnen sich, Lider auf Halbmast.

Das Koffein. Sie schließt die Augen. *Das Koffein muss es sein, also nun auch kein Koffein mehr. Nicht der Kaffee, aber die Bohnen, vier Kugeln Eis, Mocca mit Bohnen, ganzen Bohnen, das war zu viel. Nun also auch kein Koffein mehr, prima.* Prima. Krista stiert in mich rein und nicht aus sich raus. Krista stiert, sucht sich zu halten, an der Kante des Tisches, an der Kante der Bank, was weiß ich. Ich schaue aus dem Fenster, Kinder mit Eiswaffeln treten Steinchen, Eltern mit Kindern schlendern an Geschäften vorbei, ein Papa trägt seine Tochter auf der Schulter.

Kann ich helfen? Der Kellner. Ja, ja, ja! möchte ich sagen, rufen, schreien. Bitte, helfen Sie mir!, helfen Sie uns!, helfen Sie ihr! *Nein.* Ein Flüstern, ein Hinhauchen nur, von der anderen Seite des Tisches, aber ein Lebenszeichen. Krista zieht sich an der Tischkante auf in die Senkrechte, bewegt ihren Kopf leicht nach links, rechts, links. Schneller, es wäre ein Schütteln. *Zahlen, bitte.* Der Kellner dreht sich, geht, so kommt es mir vor, betont langsam Richtung Tresen ab.

Katrin Marie Merten, 1982 in Jena geboren, studiert seit 2007 am Deutschen Literaturinstitut (DLL). Bisherige Veröffentlichungen: div. Beiträge in deutschsprachigen Literaturmagazinen, -zeitschriften und -zeitungen; 3. Platz beim Eobanus-Hessus-Schreibwettbewerb 2005 und 2007, zweiter Platz beim Internationalen Jungautorenwettbewerb 2006 der Regensburger Schriftstellergruppe.

Sarah-Loreen Naumann

Einlass

Der Türsteher schüttelte seinen Kopf. »Du nicht.«

Er stutzte. Hinter ihm stand eine lange Schlange an, vor ihm ragte einer der beiden hünenhaften Türsteher hoch.

Aus dem Innern der Diskothek drang Musik.

»Warum darf ich nicht rein?« Er sah, wie Sinans blonder Lockenkopf im Eingang verschwand.

»Da drinnen ist Rauchverbot«, erwiderte der Türsteher und sah auf ihn herab.

»Ach so, die kann ich doch ausmachen ...« Er ließ die Zigarette aus seiner Hand fallen und zerdrückte sie. »So –«

Der Türsteher verschränkte die Arme vor seiner Brust und stellte sich vor ihn. »Nichts ›so‹, du bleibst schön hier draußen.«

»Aber ich bin volljährig, ich ...« Er hatte seinen Personalausweis aus dem Portmonnaie genommen.

»Lass stecken.« Der Türsteher machte eine wegwerfende Geste, dann nickte er kurz; der nächste Anstehende ging weiter, an ihnen vorbei.

Er steckte sein Portmonnaie wieder weg.

»Aber warum lassen Sie mich nicht rein?«

»Drinnen ist nicht genug Platz.«

»Die Tanzfläche wurde doch erst erweitert.«

»Trotzdem sollte ich nicht zu viele reinlassen, das führt nur wieder zu Streitigkeiten.«

Dann schob ihn der Türsteher ein wenig zur Seite, sodass ein Weiterer passieren konnte.

Er starrte dem Eintretenden hinterher und seufzte. Dann wandte er den Kopf zum Himmel: die Sterne schienen und über ihm leuchtete der Halbmond. »Ich versteh das nicht«, sagte er halblaut zu sich.

»Schon vergessen, dass du das letzte Mal Ärger gemacht hast?«, entgegnete der Türsteher.

Seine Augen verengten sich: »Was?! Das kann doch gar nicht sein, ich bin heute zum ersten Mal seit dem Umbau hier!«

»Was ist denn da vorne los?«, hörte er einen Anstehenden aus der Reihe fragen.

Die Diskomusik dröhnte bis nach draußen.

»Nee, nee, solche Leute erkenn ich wieder. Warte …« Der Türsteher prüfte einen Personalausweis und ließ den Nächsten aus der Reihe gewähren.

»Hey Sinan! Alles klar?«, rief dieser im Vorbeigehen.

»Hey Alexej«, gab Sinan zurück, der nun über die Türschwelle heraustrat. »Was ist los, wo bleibst du?« Er war an ihn herangetreten.

»Ich komm nicht rein.« Sein rotes Gesicht blickte zu Boden, er kickte einen kleinen Stein weg.

Sinan runzelte die Stirn. »Warum?«, wandte er sich an den Türsteher.

»Augenblick«, sagte dieser, »andere wollen auch noch rein«, und machte eine Kopfbewegung Richtung Eingang, sodass der Nächste reingehen konnte. »Warum will dein Freund denn unbedingt rein, hm?«, fragte er Sinan.

»Zum Beispiel, weil meine Freunde schon da sind«, fuhr der an den Rand Gedrängte dazwischen. Er machte einen großen Schritt nach vorne.

»Wie schön, aber deine Geschäfte kannst du auch woanders mit denen abziehen.«

Er öffnete den Mund, um zu widersprechen, als ihn eine laute Stimme von hinten einhalten ließ: »Wann geht's denn da vorne endlich weiter?«

Rote Lichteffekte leuchteten durch die Fensterscheiben auf und erhellten den Eingangsbereich.

Sinan ließ seine Augen weit schweifen, um den Kommentator auszumachen. »Das war ja eine tolle Idee von deinen Eltern.«

»Was?«

»Na, hierher zu kommen.«

Er nahm einen tiefen Atemzug.

Sinan blickte ihn mit hochgezogenen Schultern an. Er hatte seine Hände in die Hosentaschen gesteckt.

»Mann, mach hin, oder willst du erst deine Brüder holen?«, rief einer aus der Schlange.

Laute Bässe ließen die Fensterscheiben erzittern.

»Warum zum Henker wollen Sie mich nicht reinlassen?«

»Das hab' ich dir doch schon gesagt, oder sprichst du nicht meine Sprache? – Moment, breit mal die Arme aus, ja, wie ein Kreuz –« Der Türsteher tastete einen weiteren Anwärter von oben nach unten ab, dann sprach er: »Okay, kannst rein«, und ließ ihn durch.

»Ich hab' ja schon lange gesagt, dass die härter durchgreifen müssen ... das ist schon richtig so, dass die nicht alle reinlassen«, unterhielt sich jemand im Hintergrund.

Er seufzte und wandte seinen Kopf wieder nach oben zu den Sternen. Wie viele mochten es wohl sein? Er begann zu zählen.

»Jetzt stell dich gefälligst hinten an, so wie wir alle!«

Die Musik war aus.

Der zweite Türsteher trat hinzu. »Gibt's hier Probleme?«

»Ach, komm, Malte, lass uns woanders hingehen«, sprach Sinan und wandte sich zum Gehen. »Übrigens hast du da ein Haar am Mund.«

Malte strich mit einer Hand über sein Gesicht und entfernte ein schwarzes Haar. Er hatte zwölf Sterne gezählt.

Sarah-Loreen Naumann, 1989 in Marburg geboren, besucht die 12. Klasse der Elisabethschule in Marburg.

Lara Bernhardt

Im Studentenwohnheim

hängt an der Innenseite der Klotür eine Farbfotografie von einer Brücke. Gelbe Tür, gelbe Wände. Kleingefliester Fußboden. Akkurat eine kleine weiße Fließe neben der anderen. 90 Grad. Überall rechte Winkel. Auch das Klopapier ordentlich gestapelt auf dem Spülkasten. Vier Rollen nebeneinander. Graues hartes Papier. Das billigste. Die Brücke, das einzig Offene, die Fotografie ordentlich angebracht. Mittig. Gerade. An den Schmalseiten jeweils ein Streifen Tesafilm. Jeder ein Stückchen länger als die Fotografie, nach oben und nach unten.
Auf dem Klo. Morgens ist das Licht dort immer dämmriger als den Rest des Tages. Morgens achtet man erst beim Rausgehen auf die Brücke, man sitzt vorher zusammengekrümmt auf dem Klo. Den Kopf zwischen den Knien, die Beine so weit hochgezogen wie möglich. Arme um die Knie gelegt, den Schlaf nicht gehen lasen. Wenn man fertig ist, 180 Grad drehen, die Spülung drücken, wieder 180 Grad und zur Tür raus. Gelb. Dann steht man genau vor ihr. Die Brücke ist nicht gelb und nicht rechtwinklig, sie wartet. Helle raue Natursteine. Der Bogen spannt sich über den Bach. Man sieht nicht den Anfang und nicht das Ende von der Brücke, nur die Gegenwart. Der Bach ist wild. Das Bachbett: helle große Steinblöcke. Die Brücke aus dem Bach über den Bach.
Abgeschnittene Bäume um die Brücke herum abgeschnitten durch die Bildränder. Sie müssen sehr hoch sein. Bäume aus hellem Holz. Keine Blätter, kein einziges Blatt an den Ästen. Die Sonne scheint auf dem Bild, man sieht es nicht, man fühlt es. Fahler Himmel. Eine Winterfotografie, kahle Bäume und kalte Sonne.
Es ist der Anfang im Studentenwohnheim. Der erste Winter für mich. Neugierde. Irgendwann im Dezember nach einer Angstnacht löse ich morgens den linken Tesafilmstreifen am unteren Ende. Ziehe ihn langsam vom Gelb ab und

klappe die Fotografie herum. Merke, dass es gar keine Fotografie ist. Enttäuschung. Ich hatte mir gewünscht, dass auf der Rückseite eine Widmung steht oder der Ort, an dem die Brücke sich über den Bach schwingt, der Ort, an dem man glückliche Stunden verbracht hat. Stattdessen ist es ein Kalenderblatt. Die Rückseite voller chinesischer Schriftzeichen. Vielleicht auch japanischer. Im Wohnheim leben viele Asiatinnen. Ich starre sie an. Die Schriftzeichen. Sie offenbaren mir nichts. Verstehe sie nicht. Vielleicht beschreiben sie den Ort der Brücke irgendwo in Asien, die Brücke über den Bach. Ich werde sie nie wirklich sehen.

Drehe mich weiterhin jeden Morgen meine 360 Grad in der Klokabine, kleine weiße Fliesen und gelbe Wände, nur die Brücke führt hinaus. Ich strecke meine Hand aus und fahre mit dem Zeigefinger vorsichtig den Lauf des Baches nach. Stelle mir vor, auf der Brücke zu stehen im fahlen Sonnenlicht, den kahlen Bäumen. Das Tesafilm klebt jetzt nicht mehr richtig. Asien ist fern wie die Brücke

Lara Bernhardt, 1987 in Kassel geboren, studiert Sprache und Kommunikation (Sprachwissenschaft; Englisch, Deutsch, Niederländisch und Schwedisch als Fremdsprachen) an der Philipps-Universität Marburg.

Jürgen Binias

Die schwarze Rose

Das Haus war hell. Voller Licht. Die Bodendielen gaben das sanfte quiekende Geräusch von sich, das er so mochte. Die Sonne war aufgegangen und er schickte sich gerade an, Frühstück vorzubereiten. Frühstück, das er ihr ans Bett bringen wollte. Draußen war es kalt und wolkig. Der Wind rüttelte an den Fenstern, konnte aber nicht ins Innere gelangen.

Beide aßen am kleinen gemütlichen Küchentisch. Er lächelte sie ab und zu an und freute sich, dass ihr sein Frühstück schmeckte. Sie sah ihn mit ihren blassen Augen an und lächelte dünn. »Danke, dass du Frühstück gemacht hast.«

Er freute sich mehr. »Für dich immer gerne.«

Plötzlich klingelte es an der Tür. Die Frau sprang auf und ihre Augen begannen zu leuchten. »Ich geh schon.«

Weg war sie. Er nahm die Teller und legte sie in die Spüle. Draußen war es immer noch windig. Er fröstelte leicht. Im Garten stand ein Baum, den er beinahe vergessen hätte. Er wollte ihn entfernen lassen. Bis vor ein paar Wochen war er grün und voller Blätter. Nun war er trostlos. Kein Blatt schmückte ihn mehr. Der Baum war abgestorben.

Sie kam wieder und berichtete: »Er war da und hat uns die hier geschenkt.« Sie hielt ihm eine kleine Rose unter die Nase, die zum Einpflanzen gedacht war. Das Seltsame war, dass die Blume makellos war. Die Blüte war geschlossen und zeigte nicht, was sie verbarg. Er fand, sie passte perfekt zu seiner Frau. Für ihn war auch sie perfekt. Ein bitterer Geschmack lag auf seiner Zunge und er fühlte sich leicht unbehaglich. »Wie aufmerksam«, entgegnete er nur.

Sie lächelte wieder: »Ja, das finde ich auch. Hast du etwas dagegen, wenn ich die Rose zu unseren pflanze? Das Wetter ist draußen viel schöner geworden«

Sein Blick wanderte nach draußen. Es war hell und einige Sonnenstrahlen kamen wieder hervor. Trotzdem kam ihm das Wetter sehr düster vor. »Das kannst du gerne tun. Warte, ich komme mit, ich zieh mir nur schnell Schuhe an.«

Er dreht sich um, ging zum Schuhschrank, holte sich besagte Schuhe und zog sie an. Wieder in der Küche bemerkte er, dass seine Frau schon im Garten war und vor dem Blumenbeet kniete. An ihrem Blumenbeet. Sie hatten, als sie vor Jahren in dieses Haus gezogen waren, zwei Rosen in das Beet gepflanzt und diese gehegt und gepflegt. Nun wollte sie ausgerechnet diese Rose in das Beet setzen.

Er tappte mit beiden Füßen nach draußen. Ihm gefiel das Wetter nicht, obwohl die Sonne schien. Sie kam ihm so dunkel vor. Seine Frau pflanzte gerade die Rose mittig von ihren Rosen. Aus seiner Sicht warf die neue Rose einen Schatten auf seine. Dadurch wirkte sie leicht schwarz.

»Sie passt perfekt hierhin«, freute sich seine Frau.

»Ja«, grummelte er. Trotz des warmen Wetters fror er.

Sie gingen wieder hinein. Seine Frau ging ins Bad und er setzte sich wieder an den Küchentisch. Er blickte auf die Uhr. Fünf vor zwölf. Er sah durch das Fenster und nahm die drei Rosen wahr. Links stand die Rose seiner Frau, in der Mitte die neue kleine Rose und rechts außen stand seine. Sie wirkte immer noch schwarz. Er sah auf den Tisch und bedachte das Muster der Tischdecke. Blau war sie und mit grauen Kästchen gesprenkelt. Er blickte wieder nach draußen und sah die drei Rosen. Es sah aus, als ob die mittlere Rose weiter nach links gerückt sei. Er schüttelte den Kopf, stand auf, ging an ein anderes Fenster und blickte in die unendliche Leere des Himmels. Sie endete am Fensterrahmen. Das Geräusch der Stille war erdrückend.

Er hörte von oben im Bad seine Frau rufen: »Ich bin jetzt fertig!«

»Ich auch«, murmelte er und ging die düstere Treppe hinauf. Ihm war kalt, der Wind pfiff durch das Treppenhaus. Er erschrak bei dem schrillen Ton der quiekenden Bodendielen und seine Schritte kamen ihm so laut vor in der Leere des Hauses.

Jürgen Binias, 1989 in Königstein im Taunus geboren, hat gerade sein Fachabitur an der Hochtaunusschule Oberursel gemacht.

Silvia Orth

Ich – Unsichtbar

Der frische Geruch von Orangen. Ananas, mit ihren scharfen Blättern, Kiwis, deren kleine Borsten an den Händen kitzeln. Die Kartons mit einem Teppichmesser aufschlitzen, einem, wie Spiro es immer bei sich trägt, egal wohin er geht, und alles umfüllen in die großen Verkaufskörbe.

Ich weigere mich, Kartoffeln zu sortieren. Vor zwei Wochen fühlte sich eine ganz komisch an, so weich, ich habe sie herausgehoben, um sie zu betrachten. Da sah ich, dass sie vollkommen hohl war. Plötzlich krabbelten Scharen von Insekten heraus, mir über die Hand, ich habe geschrien und ich sah auf einmal wieder den Kopf, den, den Ledina und ich damals, noch in Sronask, kurz vor unserer Abreise, im Wald gefunden haben. Den, von dem Fliegen aufstoben, mir mitten ins Gesicht, den, in dem es nur noch Augenhöhlen gab – und

Die Glocke läutet draußen. In gläubigen Ländern ruft der Muezzin jetzt zum Gebet. Ich knie mich schnell und so, als ob ich mir an einer weiteren Kiste zu schaffen mache, in Richtung Mekka. Ich merke, dass Spiro dasselbe tut – und das versöhnt mich auch wieder mit seinem Blick, mit seinen kühlen Reptilienaugen. In der Frühe beten wir alle gemeinsam und essen zusammen – aber das ist ab morgen vorbei, dann beginnt Ramadan, bloß mittags gibt es dafür nie genug Zeit. Letztes Jahr habe ich zum ersten Mal an Ramadan teilgenommen. Mir war ständig schwindelig und immer hatte ich diese fixe Idee, diese panische Vorstellung, ich könne verdursten. Natürlich Schwachsinn. Muslime in aller Welt trinken nicht. Außerdem wollen wir uns ja daran erinnern, wie es den Armen geht, denen ständig sauberes Wasser fehlt. Trotzdem fühle ich mich ein bisschen mulmig wegen morgen.

Mir ist warm, ich schwitze unter dem Kopftuch und lockere den Knoten ein bisschen. Manchmal würde ich es am liebsten vom Kopf reißen, meine Haare schütteln, dass kühle

Luft durch sie führe und ich wieder so wäre wie früher, als alles möglich war und nichts so ernst. Aber dann denke ich daran, dass Allah das Kopftuch gutheißt und schäme mich schon fast. Na ja, und außerdem weiß ich, dass Spiro mich beobachtet, während er wie immer mit seinem roten Teppichmesser hantiert. Ich weiß nicht, aber irgendwie mag ich Spiros Augen nicht. Sie sind von vergilbtem Grau mit einem blauen Ring um die Iris. Rattengrau, schimmelgrau, geiergrau, ich hasse grau. Auch den Himmel, der hier ständig grau ist. Und dauernd verfolgt er mich mit diesem Grau, wendet seinen Blick nie von mir, es ist, als würde er jede meiner Handlungen bewerten. Dabei habe ich echt keine Lust auf einen Erzieher, zumal er kaum älter ist als ich.

Jetzt muss ich gleich rüber in den Verkaufsraum. Mittags muss immer alles nachgefüllt werden. Das ist das Schlimmste. Dabei kommen eigentlich kaum Deutsche her, trotzdem habe ich immer Angst, dass man es mir irgendwie ansieht, dass man es in meinen Augen lesen kann, illegal. Illegal wie Drogendealer, illegal wie untergetauchte Mörder. Illegal. Dann bin ich wieder froh über das Kopftuch. Ich denke an Honig.

Auf dem Heimweg gibt es natürlich bestimmte Regeln zu beachten. Punkt 1, verhalte dich unauffällig. Ich gehe immer durch dieselben Straßen, den Schritt angemessen, ich renne nie. Aber ständig dieses idiotische Gefühl, man könne es mir ansehen. Deshalb gucke ich niemandem ins Gesicht. Ich muss vermeiden, Personen zu treffen, die mich früher gekannt haben. Zudem versuche ich, Polizisten aus dem Weg zu gehen.

Heute muss ich einkaufen. Endlich wieder Honig! Und Brot – für unser Treffen. In der Nacht wollen wir noch einmal richtig schlemmen. Und einen Stift, mein Füller ist kaputt gegangen. Ich habe sogar extra 7 Euro dabei. Valuchtom zahlt 600 pro Monat, 450 gehen für die Miete ab, 60 schickt Masiela an meine Eltern und 20 legt sie für mich auf ein Konto. Spiro weiß nichts davon. Bleiben 70, durch 30 Tage, macht 2,30 Euro pro Tag.

Das reicht nie und deshalb gibt mir Spiro immer etwas dazu. Er hat ein Zimmer bei Valuchtom im Haus und muss dafür nichts zahlen. Zusätzlich kriegt er auch häufig Geld aus den »Geschäften«, die er und die anderen machen. Aber seine Andeutung von wegen, er wolle für mich sorgen, wie es der Pflicht eines Mannes gebühre, kann er sich abschminken. Glaubt der Kerl im Ernst, ich würde ihn heiraten? Er ist hässlich – und er war auch schon mal im Knast. Da heirate ich lieber nie.

Ich nehme einen der Plastikkörbe und suche die billigste Honigsorte. 2,19 Euro. Zwei Brote à 99 Cent für uns alle, macht 4,17 Euro. Nun einen Stift. Die Füller sind zu teuer, Bleistifte nichts für Briefe. Dort hängt einer, gefüllt mit blau, lila, rot, ineinander verschränkte Farbspiralen, ich male mir aus, wie die Kombination auf dem Papier wirkt. Mein Tagebuch, hiermit werde ich ernsthaft schreiben, alles aufschreiben, was ich erlebe, es liegt ein Mysterium in diesem Stift. Meine Gedanken, alles in ihm verschlossen, ich muss ihn nur öffnen. Ich ziehe ihn vom Haken, suche das Schildchen, 2,99 Euro. 16 Cent zu viel. 16 Cent. Ich hänge den Stift zurück. Die übrigen Stifte haben andere Farbkompositionen, nur dieser lila, blau, rot. Ich nehme ihn noch einmal herunter und platziere ihn hinter all den anderen. Vielleicht ist er noch da, wenn ich wieder Geld habe. Ich gehe.

Doch der Stift ruft nach mir, singt, wispert Verheißungen in uralter Zunge. Er mahnt mich, umzukehren. Unschlüssig nehme ich das Honigglas aus dem Korb. Seit Tagen habe ich mich auf diesen Blütengeschmack, auf diese trostvolle Süße gefreut. Ein Gedanke steigt mit fieberhaftem Kribbeln in mir auf. Das Regal mit den Schreibsachen befindet sich im hinteren Ladenteil. Ich sehe mich um. Die Kassiererin sitzt an der Kasse, die andere war eben noch bei den Milchprodukten. Ich gehe zurück zu den Stiften, suche die Decke dort nach einer Kamera ab, aber weder das noch ein Spiegel ist zu sehen. Unglaublich. Ich überlege. Ich nehme alle Stifte, so als wolle ich sie genauer inspizieren, vom Haken. Dann changiere ich sie zwischen beiden Händen hin und her und lasse dabei den einen, meinen, in den Ärmel meiner Jacke rutschen. Sodann schüttle ich demonstrativ den Kopf und schiebe vermeintlich alle Stifte wieder auf den Haken. Ganz leicht. Nicht umgucken. Ich nehme den Korb und mache mich auf den Weg zur Kasse. Ruhig gehen. Du hast nichts zu verbergen. Ich merke, wie meine Hände und mein Kiefer taub werden. Vor meinen Augen verschwimmen die Warenreihen, allmählich erhebt sich ein Rauschen in meinen Ohren, Herzschläge, ein Dröhnen wie unter Drogen, »Wir bringen jeden Diebstahl zur Anzeige«, hängt nicht ein solches Schild neben dem Eingang? Hat nicht ein Detektiv mich längst gesehen? Wie lange braucht er aus seinem Büro hierunter? Karusselldrehen. Ich stürze, stolpere zurück zu den Stiften, ziehe meinen aus dem Ärmel und hänge ihn auf die Stange. Den Korb lasse ich auf dem Boden stehen, laufe zügig zur Kasse, zeige meine leeren Hände, schreite hindurch – und sehe, wie mir von der Decke eine Kamera rot entgegenblinkt. Ich will schreien. Hinter der Tür renne ich los. Ich drehe mich nicht um, ich weiß, dass er mir folgt. Ich habe gegen Punkt 7, nämlich: begehe unter keinen Umständen eine Straftat, verstoßen. Ich renne und renne, biege in kleinere Gassen ab, erst das Seitenstechen zwingt mich, langsamer zu werden. Als ich mich umwende, kann ich niemanden entdecken. Es ist nichts passiert.

Ich öffne die Tür zum Treppenhaus, auch hier muss ich aufpassen. Die Vermieterin darf mich nicht antreffen, bei ihr hat Masiela unter Vorlage ihres Ausweises eine Wohnung für mich angemietet. Seltsam, wenn plötzlich jemand anderes dort wohnt. Auch bei Nachbarn weiß man nie. Auf der Treppe vorsichtig gehen. Regel fünf, du darfst dich weder verletzen noch ernsthaft krank werden. Krankenhaus und Ärzte sind tabu.

Ich ziehe das Kopftuch von meinem feuchten Haar. Masiela hat mich gelehrt, es richtig anzulegen, mit eingeschlagenen Falten an der Stirn, sodass es jede Strähne verdeckt. Einmal hat sie mir gestanden, dass sie selbst während der Arbeit keines trägt, aber ich solle es niemandem verraten. Sie ist Sekretärin.

Weil sie, als ihre Eltern wegen Erlöschung der Gefahrenlage im Herkunftsland abgeschoben wurden, gerade in der zwölften Klasse war, haben ihr die Behörden ein Bleiberecht erteilt, sodass sie ihr Abitur zu Ende bringen und Arbeit suchen konnte. Mittlerweile besitzt sie sogar die deutsche Staatsbürgerschaft. Eigentlich wollte sie studieren, aber dazu hatte sie nicht genug Geld. Wenn sie ein bisschen angespart hat, sagt sie, will sie es nachholen. Sie liest auch viele schwierige Bücher, Philosophisches. Das finde ich toll. Bei mir lag der rechtliche Fall ähnlich, ich war gerade im vorletzten Realschuljahr, aber das Gericht hat anders entschieden. Zwar kann ich Serbokroatisch sprechen, aber nicht schreiben. Meine Spielgefährten von früher sind höchstwahrscheinlich tot, wir haben dort kein Haus mehr, geschweige denn Arbeit. Warum sollte ich zurückgehen? Ich will versuchen, Geld zu verdienen – und dann leiste ich mir einen Spitzenanwalt. Oder kehre mit meinem Vermögen nach Bosnien zurück und gründe eine Familie. Masiela und ich haben noch einen anderen Plan ausgeheckt: Wenn sie Jorano geheiratet und ihm die Staatsbürgerschaft besorgt hat, dann adoptieren mich die beiden! Ob Mama etwas dagegen hätte? Wir können überhaupt nicht telefonieren, ich schreibe immer nur an ein bosnisches Postfach, damit mir niemand auf die Spur kommt. Ihre Antworten adressieren Mama und Papa an Masiela. Papa mit seiner gutmütigen Trottelei, den plötzlichen Melancholie-Anfällen, Mama mit ihrem sprühenden Elan und ihren quirligen schwarzen Locken. Jedoch wundere ich mich immer, warum sie mich nicht zur Religion geleitet haben. Als ich die anderen kennengelernt habe, habe ich mich angestellt wie ein Dummkopf. Sie haben mich ausgelacht, Spiro war manchmal richtig zornig. Weil er mein Cousin ist, hätte ich ein schlechtes Licht auf ihn werfen können. Er ist auch der Bruder von Masiela, musste aber wie ich abtauchen.

Wenn ich heute an früher zurückdenke, sehe ich mich als unbekümmertes, draufgängerisches Mädchen, das einem Horoskop mehr Bedeutung beimaß als der Macht Allahs. Jetzt begreife ich erst, wie oberflächlich das war.

Wir sitzen im Keller der Lagerhalle auf schön verzierten Kissen und spielen Karten. Dann diskutieren die Jungen über einen neuen Deal. Masiela und ich müssen vor die Tür. Ehrlich gesagt, gefällt mir das sogar. Wenn wir alleine sind, sprechen wir viel ungezwungener und ihre Stimme wird samtig-rau.

Nachts darf ich nicht alleine zurücklaufen, schon weil gewisse Gruppen umherstreifen. Deshalb bleiben wir diesmal alle hier. Es gibt Oliven und getrocknete Datteln, schrecklich süß. Spiro ist heute wieder komisch drauf. Schmeichlerisch und doch, weil ich eben genervt bin, immer wieder aufbrausend. Anschließend erneut Komplimente. Ekelhaft. Masiela sitzt neben Jorano, er hat den Arm um sie geschlungen. Den Alkoholverzicht nimmt niemand ernst. Einige Männer rauchen sogar. Nur während Ramadan fällt das weg. Also heute noch einmal genießen. Spiro verteilt Becher mit einer granatapfelroten Flüssigkeit. Joranos Hand ist in Masielas Pullover verschwunden. Ihr Kopftuch ist zurück gerutscht, einige Löckchen kringeln sich daraus hervor. Ihre Lippen schimmern dunkelrot und ihre Augen wirken völlig schwarz. Ich sauge den Kirsch-Minz-Geschmack über meine Zunge. Der Glanz ihrer Augen verschwimmt mit dem ihres Mundes, Hitzeschauer, das Gefühl mich zu bewegen, Hand im Haar, die Röte im Zwielicht

Er tritt aus einer verborgenen Ecke, als ich den Treppenabsatz erreiche. Grüne Uniform, straff, »Chera Samon! Sie sind festgenommen.« Geiergraue Augen funkeln aus blauem Ring. Vorwärts an die Wand gestoßen, Arme verschränkt, die Beine auseinander, sein Knie dazwischen. Deutlich sehe ich den langen Krummsäbel, der in seinem Gürtel steckt. Er hat einen roten Knauf. Klick, klick, Ketten. Aus einem Loch in der Wand strömen Fliegen. Hunderte. Langsam, seinem Blick gehorchend, die Treppe hinab. Siegkalter Blick aus – Reptilienaugen.

Silvia Orth, 1990 in Bad Hersfeld geboren, besucht die 12. Klasse der Modellschule Obersberg in Bad Hersfeld.

Simone Unger

Übungen

Übung I

Da hat wieder jemand den Stoff eingerissen, wahrscheinlich beim Tanzen oder später unter der Brücke mit dem Namen vom 68er Toten. Zum Spaß steht sie hier nicht, das wirst du sehen. In ihrer Heimat sind die Straßen nach Widerstandskämpfern benannt. Es ist früh am Morgen, erste Jogger kommen vorbei, der Regen fällt und zum Glück hat jemand diese Brücke hier gebaut, sonst müssten sie jetzt Kaffee trinken gehen. Er legt ihr seinen Mantel um, von oben tropft Wasser durch die Platten, sie gräbt ihm die Finger ins Haar. Nach Hause kommst du heute nicht mehr, Darling, und frag jetzt nicht, warum sie die Orte immer nach Opfern benennen. Langsam wird es hell, Gesicht und Himmel blenden – meine Augen sehen immer so nach Exzess aus, findest du nicht?

Nimm jetzt alles weg und gib es zu: Die Strumpfhose hast du absichtlich aufgerissen, hör schon auf, nein, das alles muss weitergehen und leg jetzt endlich diesen Tonfall ab. Längst ist es hell, über die Brücke rasen die Autos und auf der anderen Seite des Flusses gehen Menschen mit Einkaufstüten herum.

Das geht alles noch viel zu langsam oder zu schnell, jedenfalls reicht das nicht für den Ansatz, nicht mal die Haare am Knie stellen sich auf. Das ist eine Frage der Müdigkeit, Darling, schau jetzt noch mal hoch, ja so will ich zu dir kommen, wie zu einem Versuch. Lass einfach mal das Geklimper weg und zieh was Schlichtes an, so was mit Löchern zum Ausbessern dazwischen und unglaublich kühler Haut.

Dafür müsste ich dann aber noch mal in den Schrank.

Übung II

Von Aggressionen fühlte sie sich immer überfallen, dass sie schnell versuchte, sie in eine Tätigkeit zu überführen. Und so war alles, was voneinander sichtbar blieb, Gesten, die sich dazwischen schoben, als würde man immer nur verrichten und ausführen.

Deshalb auch konnte sie nichts mehr sehen, nicht einmal die Konturen der Stadt. Eine einfache Ebene erstreckte sich vor ihnen, der Horizont war diesig, und der Mann zur ihrer Rechten verlor sich zu etwas durch Überdehnung Verschwommenes. Einzig die imaginäre Linie seines Fingers erkannte sie, mit dem er auf irgendeine Heimatscholle weiter westlich wies. In umgekehrte Richtung aber führte die Linie direkt an seinen Hals, und jetzt sag ich es noch einmal: Die Provinz sieht man dir an. Die dichte Umgebung damals hatte ihm besser gestanden, jetzt war da nur Gebüsch, das Schatten warf. Und während sie noch versuchte, ein paar Zweige in seinen Kragen zu werfen, versank die Hand von jemandem weiter links in ein stets zur Stelle liegendes Hundefell.

Als sie nach Hause kam schließlich, holte sie ihre Kleidung von damals aus dem Schrank und beschloss, die nächsten Wochen darin zu verbringen. Denn wenn sich Ereignisse herbeireden ließen, so dachte sie, warum dann nicht auch durch teletaktile Übertragung?

Übung III

Kurze Zeit später glaubte sie, alles schon wieder vergessen zu haben, und schlussfolgerte, dass nichts für sie bestimmt gewesen war, weder Sätze noch Taten. Sie hätte sie darum bitten müssen, oder es lag nur an der falschen Position:

Viel zu viel hatte sie, an die Mauer gelehnt, mit wippendem Fuß, von der Umgebung sehen können, vom dunklen Hafenbecken, dessen schlackige Oberfläche ab und zu von den

Wasserläufern erzitterte, die wie Fusseln darüber schwebten. Staubige Spinnweben hingen zwischen den Mauerritzen, verfingen sich im Haar, sie waren das einzige, was er von ihr entfernen konnte.

In der Dunkelheit, in der nur das sandfarbene Gestein der Speicher auszumachen war, fielen die Schatten auf das Wasser und manchmal ließ sich auch ein Vogel vom Dachsims hinunterstürzen und verschwand. Starr lagen die schwarzen Linien der Gleise parallel zum Quai, bis nach Sehnde und Algermissen zu den Kalibergwerken streckten sie sich.

Wer wusste schon, seit wann die Dinge hier still standen, so still, dass selbst das Schweigen nicht mehr verdächtig schien. Es gab einfach nichts, was sich hätte ablösen können, deshalb vielleicht hatte sie nichts bemerkt, egal wie viel Mühe sie sich gab.

Simone Unger, 1982 in Gera geboren, studiert seit 2003 Kulturwissenschaften und ästhetische Praxis in Hildesheim und Marseille mit Schwerpunkt Literatur. Bisherige Veröffentlichungen und Preise: Beiträge in »Nagelprobe 21« (2004), »Nagelprobe 23« (2006), »Nagelprobe 24« (2007), »L. – Der Literaturbote«, »Anno 1900, Weimar. Eine literarisch-kulinarische Ausschweifung in 15 Gängen«; 1. Preis der Regensburger Schriftstellergruppe International (2007).

Lea-Maraike Sambale

An dich

Ich weiß selber nicht, ob ich dir diesen Brief je zukommen lassen werde. Und warum ich ihn schreibe, weiß ich auch nicht. Vielleicht, als Erklärung für mich, warum es mir jetzt so schlecht geht. Vielleicht auch als Hinweis für dich, so etwas doch bitte nie wieder zu tun.

Ich dachte, wir hätten uns wenigstens gut genug gekannt, um ehrlich zu sein. Hoffentlich weißt du, wie sehr ich dich immer noch mag. Wenn nicht, dann erfährst du es eben jetzt.

Es hat alles vor ein paar Monaten angefangen; erinnerst du dich? Wir haben uns zufällig kennengelernt, genauer, auf den Stufen vorm Waschsalon um die Ecke, der, wo es immer so nach Schwimmbad und billigem Waschmittel riecht. Weißt du noch, wie mir das Kleingeld runter gefallen ist und du mir geholfen hast, es aufzuheben?

Damals habe ich zum ersten Mal dein Lächeln gesehen und gleich drei Kreuzchen gemacht. Du warst es einfach!

Ja, ich verwende ganz gezielt das Wort »damals«, denn »heute« habe ich damit abgeschlossen. Für jeden anderen wird es wie die große Bilderbuchliebe klingen. Er und Sie treffen sich durch einen dummen Zufall irgendwo, verlieben sich Hals über Kopf und so weiter. Aber genau so hat es ja auch angefangen, oder? Als wir dann auch noch Nummern austauschten, war ich vollends glücklich. Wie ein Teenie freute ich mich über jede einzelne SMS von dir. Nur für dich habe ich mich über Abkürzungen wie HDL (Hab dich lieb) oder mb (mail back) schlau gemacht. Und wirklich, mit jeder SMS wurde es langsam immer mehr. Aus »Hab dich lieb« wurde »hab dich ganz doll lieb« und aus mir wurde ein hibbeliger Teenager, der alle fünf Minuten aufs Handy guckte in der Hoffnung, eine Textnachricht erhalten zu haben.

Es war eine Art Freundschaft – mit Hoffnung auf mehr. Doch hätte dir klar sein müssen, dass ich nicht für immer deine Cyberfreundin bleiben wollte.

Doch genau damit habe ich alles zerstört. Ja, du hörst ganz recht. Ich gebe nicht dir die Schuld. Ich, mit meinem Dickkopf, habe auf mehr bestanden und vielleicht habe ich dich etwas zu sehr unter Druck gesetzt und genervt. Aber denkst du, mir ging es in den paar Monaten nur gut? An jedem Tag ohne eine Nachricht von dir ist meine kleine Welt immer aufs Neue zusammengebrochen. Ich habe dich ja nie wirklich gekannt und ich glaube, dass es falsch war, mich auf diese Multimedialiebe einzulassen. So konnte ich nie erfahren, wie du wirklich auf mich reagierst. Ich habe versucht mich zu ändern, nur für dich. Ich habe versucht mich dir und deinem Leben anzupassen. Aber das ging nicht, denn dazu wusste ich zu wenig darüber. Unsere SMS waren zwar voll mit Nettigkeiten und normalem Smalltalk, aber wenn ich mal richtig darüber nachdenke – besonders sinnvoll war keine einzige.

Ich hatte die Gefühlswechselphase überwunden und war stabil, wie ein Patient nach einem Routineeingriff. Ich hatte mir gut genug eingeredet, dass du mir egal bist und das hielt dann auch eine Weile, aber irgendwo habe ich immer noch Hoffnung gehabt. Die Hoffnungen kamen auch wieder auf, als sich der Megagau dem Höhepunkt näherte, als wir wieder in Kontakt kamen. Diesmal nicht per Handy, da wir uns beim Shoppen über den Weg liefen. Hätte ich nicht eine Freundin im Schlepptau gehabt; vielleicht hätte ich dich ja zu einem Kaffee überreden können. Doch so züngelte der kleine Funke Hoffnung wieder auf und heizte die Sache an. Die sms flogen nur so umher und die Story näherte sich dem »Big Bang«. Ich wollte mich nicht mehr unterkriegen lassen und sprach das Thema, zwar sachte, aber sachlich, wieder an. Ich glaube, du hast gewusst, dass so etwas kommen würde und hast dein Schneckenhaus schon mal von der Ersatzbank geholt. Du hast komplett abgeblockt und damit war es für mich vorbei.

Ich will nicht sagen, ich hätte nicht geweint. Nein, wegen dir habe ich eine ganze Menge Tränen vergossen und ich glaube, sie waren sinnvoll. Das letzte Mal, als ich dich sah, war am letzten Dienstag. Wann und wo??? Ich weiß, du hast »mich« nicht gesehen. Ich aber »euch«!!!

Mit Entschlossenheit und Wut setzte Eva drei Ausrufezeichen hinter »euch« und atmete auf. Der Brief war ihr nicht leicht gefallen. Aber je mehr sie sich erinnerte, umso schneller war der Stift in ihrer Hand über das Blatt gehuscht. Sie hatte alles noch einmal durchlebt. Aber jetzt war es vorbei. Eva steckte den Brief in den dafür vorgesehenen Umschlag und legte ihn auf den Schreibtisch. Morgen würde sie ihn zur Post bringen. Morgen!

Im Hintergrund piepste leise das Handy. Es war eine Nachricht eingegangen.

Lea-Maraike Sambale, 1992 in Minden/Westfalen geboren, besucht die 10. Klasse der Integrierten Gesamtschule in Kaufungen. Ihre Kurzgeschichte »In der Nacht sind alle Katzen grau« war 2006 einer der Preistexte des bundesweiten Schreibwettbewerbs der Eckenroth-Schreibstiftung.

Markus Sehl

Vor dem Eintauchen

Ich schwitze. Ein warmes Rinnsal läuft mir aus dem verklebten Haar und über die Wange. Ich blinzle in die dichten Nebelschwaden, die zwischen den künstlichen Felsformationen wabern. Die wenigen Pflanzen in den glitschigen Felsvorsprüngen fühlen sich hart und unbeweglich an. Ich lege den Kopf in den Nacken und atme süße Duftöle ein. An der Decke leuchten schwach die Lämpchen einer Plastiklichterkette. Die Wärme umschließt mich und macht mich regungslos. Aber ich will mich auch gar nicht regen.

Heute bin ich bereits sehr früh hergekommen. Jetzt mag es später Nachmittag sein. Fenster gibt es keine und meine Uhr habe ich abgelegt.

Gewöhnlich gehe ich um diese Zeit ein letztes Mal ordnend und sichtend zwischen den Schuhregalen umher und verabschiede mich beiläufig, aber freundlich von meinen Kollegen.

Auf dem Heimweg blieb ich vor einiger Zeit an einer Baustelle stehen. An der Fassade des maroden Gebäudes war ein langer Plastikschlauch befestigt und die Arbeiter warfen ab und zu Schutt hinein, der dann umständlich durch den Schlauch rumpelte. Gerne hätte ich auch etwas in den Schlauch geworfen und zugesehen wie es polternd hinunter in die Mulde gefallen wäre. Während ich mich nach einem geeigneten Gegenstand umsah, entdeckte ich die Heilgrotte. Vielmehr ein kleines Messingschild, auf dem das Wort Heilgrotte eingraviert war.

Ich überlegte, ob jeder, also auch ich, die Heilgrotte besuchen könne, während ich einen kleinen Hinterhof betrat, in dem es nach dem fettigen Essen eines Asia-Imbisses roch.

Vermutlich musste eine Krankheit vorzuweisen sein, sonst hieße es nicht Heilgrotte. Weniger Sorgen hätte es mir bereitet, handelte es sich um eine Dampfgrotte. Oder eine Erlebnisgrotte. In der Umkleide, die ich durch eine Metalltüre erreichte, lagen die verlassene Kleidung und die Schuhe der Besucher in kleinen Holzfächern. Daneben gab es ein Waschbassin und ich schämte mich, weil ich das Gefühl hatte, in eine fremde Religionsstätte eingedrungen zu sein. Erst am übernächsten Tag legte ich meine Kleidung in ein solches Fach und stellte meine braunen Halbschuhe dazu. Ich planschte eilig durch das Bassin und verschwand hinter der fleckigen Bambusstellwand zum ersten Mal in die Grotte.

Unruhig rutsche ich auf den feuchten Holzplanken herum und kratze mich unter dem Handtuch. Ein fremder Mann sitzt mir gegenüber und möchte mit mir über Brautkleider sprechen. Ich kann es nicht lassen, ihm ständig auf den fremden und dicken Bauch zu schauen. Seine nassen Härchen zeichnen eine dunkle Linie, die sich über den ganzen Bauch spannt.

Seine Frau wünsche sich so sehr ein Brautkleid, klagt er. Eine Hochzeit stehe aber gar nicht an. Ganz im Gegenteil, ein Zerwürfnis habe seine Frau und ihn getrennt. Und geheiratet haben sie auch schon einmal, sage er immer. Aber ein Brautkleid, beharre seine Frau, ein Brautkleid, das sei ihr sehnlichster Wunsch. Also habe er auf ihr Drängen hin ein Brautkleid in einem großen Geschenkkarton verpackt erstanden und nun – ich werde es ihm kaum glauben – sei ihm dieses sperrige Objekt verlustig gegangen. Ihm sei es unerklärlich, ein so großer Karton sei es gewesen, dass er ihn mit beiden Händen habe fassen müssen. Von einer solchen Sperrigkeit, dass er kaum über ihn hinweg schauen konnte. Ich höre dem Mann nicht mehr zu und wir betrachten beide seinen dicken Bauch.

Ich habe Angst vor dem Verlieren. Besonders schlimm ist der intime Moment des Abhandenkommens. Ein Moment der Unachtsamkeit, der etwas Persönliches preisgibt und jedem Fremden ermöglicht, es aufzulesen und mitzunehmen. Das gefürchtete Verlieren reicht von der Unachtsamkeit, mit der etwas lautlos aus der Hosentasche gleitet, bis zu dem dumpfen Knall, mit der die Wohnungstür ein letztes Mal ins Schloss geworfen wird. Diese hatte sich vor einigen Tagen zum letzten Mal knallend geschlossen und war seitdem auch nicht mehr aufgegangen.

Das ständige Schwärmen und zugleich Fluchen über die Heilgrotte halte er einfach nicht mehr aus, schrie mein Bruder. Er hat nur wenig mitgenommen. Gerade mal den abgewetzten Koffer, den er wie so viele andere vom Kofferlaufband am Flughafen gewuchtet hat, in Kenntnis, dass es sich dabei keineswegs um sein eigenes Gepäckstück handelte. Der Bruder glaubte, vom fremden Leben ein wenig kosten zu können. Mit glühend rotem Kopf lag er in seinem Zimmer auf dem Boden vor den Gepäckstücken, saß bald auf ihnen und hebelte und stemmte an den Verschlüssen. Im Laufe der Jahre waren immer mehr Koffer mit Zahlenschlösser versehen worden, was den Zugang und das Verkosten des fremden Kofferlebens ungemein erschwerte. War der Koffer erbrochen, tauchte der Bruder förmlich in den Koffer und das fremde Leben ein, das in diesem wie in einer Konserve aufbewahrt war. Dann saßen wir zusammen in den verstreuten Habseligkeiten und mein Bruder dachte sich für uns Geschichten über die Besitzer aus.

Er entdeckte auch den alten Mann, der versuchte, die Welt anzuhalten. Mein Bruder schaute zum Fenster heraus und rief, was das für ein schöner alter Mann sei, der da unten die Straße überquere. Und wirklich saugte sich gerade ein alter Mann mit seinem Teleskopgehstock über den Zebrastreifen. Es gelang dem alten Mann, dort unten der einzige zu sein, der sich noch bewegte. Der Verkehr war durch sein Erscheinen auf dem Zebrastreifen gänzlich zum Erliegen gekommen. Auch Fußgänger blieben durch das Hupen aufmerksam geworden stehen und sahen, dass der alte Mann sich mit seinem Saugstab in einem Kanaldeckel verfangen hatte. Der alte Mann vollbrachte es, diese kleine Welt, die sich dort unten irgendwo zwischen dem Werbefähnchen einer chemischen Reinigung und den verquollenen Nasen an der Trinkhalle aufspannte, für einen Moment anzuhalten. Ich habe viel Zeit am Fenster verbracht, aber ich habe ihn nie wieder gesehen.

Auch der Mann mit dem dicken Bauch ist verschwunden. Und über mir blinken die Lichterkettensterne.

Ich kann sie noch nicht sehen, aber ich höre das leise Geräusche, wenn sie ihre kleinen Füße ins Wasser am Grottenboden setzt. Sie kommt durch den Nebel und nickt mir zu. Um den Hals trägt sie eine Bernsteinkette und hüllt sich in ein großes Handtuch, auf dem ein lachender Fisch zu sehen ist.

Ob sie heute morgen nicht schon einmal hier gewesen sei, frage ich.

Nein das könne nicht sein, aber gestern sei sie in die Grotte gekommen. Die Grotte erinnere sie an Nepal, dort soll es auch solche Grotten geben. Das schreibe ihre Brieffreundin.

Ich antworte, dass ich als Kind immer nach Grotten gesucht habe. Mit meiner bunten Kindertaschenlampe leuchtete ich erwartungsvoll in Fuchsbauten und Kanalrohre. In meinem Kinderzimmer baute ich aus Stühlen und Decken eine Grotte. Meine Eltern hatten mir einen Gefallen tun wollen und an den Wänden eine Tapete mit einer Urwaldlandschaft angebracht. Aus dem aufgeklebten Dschungel starrten mich von überall Löwen und Elefanten an. Zuerst habe ich mich gefürchtet, dann bemerkte ich aber, dass sich die Motive auf jedem Meter wiederholten und war beruhigt.

Ihr Handtuch ist verrutscht und ich kann den Ansatz ihrer Brüste sehen. Einmal traf ich sie in dem engen Hinterhof. Sie war kleiner, als ich sie aus dem Halblicht der Heilgrotte in Erinnerung hatte, und ich habe sie nur an der großen Bernsteinkette erkannt. Ein Geschenk von ihrer Brieffreundin. Aus Nepal.

Nein, sie selbst kenne dieses fremde Land nur von den Ausführungen auf einparfümierten Briefpapier. Und von den Diavorträgen, die ab und zu in der Volkshochschule stattfänden. Voreilig, geradezu leichtfertig habe sie vor einigen Jahren die Bitte ihres Vaters angenommen, das Geschäft für Marine- und Tropenausrüstung zu übernehmen, das schon Jahrzehnte im Besitz der Familie stand. Das Geschäft gehe nicht gut und sie sei durch ihr Versprechen in der Stadt festgesetzt. Auch der Vater habe sich unglücklich kaum mit den Geschäften befasst, aber durch ein Patent auf eine innovative Nudelzange nach seinem Tod ihr ein bescheidenes Vermögen hinterlassen. In dem Geschäft sei ein Geruch wie in der verlassenen Abteilung eines Museums, in der immer die ausgestopften Tiere gezeigt werden. Sie fühle sich selbst ausgestopft und gehe viel durch das Geschäft, um sich dem Gegenteiligen zu versichern. Die wenigen Kunden, alte Männer mit tabakgelben Schnurrbärten, widersprächen sich in ihren Erzählungen von Expeditionen in fernen Ländern. Manchmal stießen sie kehlige Laute einer erfundenen Sprache aus. Und alle haben sie große Ohren und Nasen, sagte sie. Ob mir schon mal aufgefallen sei, dass das Alter die Ohren und Nasen der Menschen vergrößert. Das könne doch nicht alles sein.

Oft stehe sie am rostigen Geländer und unter ihr rauschten die Züge vorbei. Sie drehe sich immer um und gehe wieder den gleichen Weg zurück. Sie bemerke es aber auch kaum, weil die Tränen dann schneller seien.

Um ihre Feigheit zu betäuben, gehe sie in die Grotte. Hier dringe alles nur gedämpft an sie heran, wie unter Wasser. Einmal die Woche gehe sie ins Wellenbad. Und nun nicht mehr allzu oft in die Grotte. Ob ich schon einmal im Wellenbad gewesen sei.

Noch nie, sage ich. Die Heilgrotte hat mich krank gemacht. Aber zugleich verspricht sie mir Heilung. Auch die anderen Besucher beteuern das baldige Gesunden. Während ich mich mit schwindender Kraft in die Heilgrotte schleppe. Unfähig, an einen anderen Ort als die Heilgrotte zu gehen. Außerstande sogar, an einen anderen Ort zu denken. Nur in der Grotte bekomme ich meine Gedanken noch zu fassen. Sie lockt mich. Umgarnt mich. Ihre verführerische Wärme lässt mich mein Leben verlieren. Es fließt einfach aus mir heraus. Aus jeder meiner Poren. Und doch komme ich in die Heilgrotte, weil ich hier das Gefühl habe, noch nicht geboren zu sein.

Sie steht auf und nimmt meine Hand. Wir gehen jetzt.

Zum Wellenbad?

Nein, sagt sie. Ans Meer.

Markus Sehl, 1986 in Darmstadt geboren, studiert Rechtswissenschaft in Freiburg im Breisgau. Er ist freier Mitarbeiter des »Darmstädter Echo« und der »Badischen Zeitung«. Bisherige Auszeichnungen und Veröffentlichungen (Auswahl): Literaturpreis des Ludwig-Georgs-Gymnasiums Darmstadt (2005), Bundespreisträger »Treffen Junger Autoren« (2006); Beiträge in: »Nagelprobe 24« (2007), der Anthologie »Ganz nah gegenüber« (2007), »L. – Der Literaturbote«; Beitrag zur Sonntagsliteraturreihe bei »Zünder« von »ZEIT online«; www.zuender.zeit.de/sonntagstexte (2008).

Johanna Wohlkopf

Küsse

Er würde mich nicht küssen. Niemals. Er würde sich nicht darauf einlassen. Es ging auch nicht. War bestimmt verboten. Oder? Er war ja schließlich noch kein richtiger Lehrer, erst Referendar. Oder war das dann vielleicht auch schon verboten? Vielleicht könnte ich mich aus dem Hinterhalt anschleichen und ihn überrumpeln. Meinen Mund auf seinen drücken, bevor er sich richtig wehren konnte. Einmal nur. Das würde ja erst mal reichen. Aber konnte ich es überhaupt richtig machen, wenn ich ihn gleichzeitig festhalten musste? Auf keinen Fall durfte es unprofessionell wirken. Oder unerfahren. Ungeübt. Das ging gar nicht. Er dürfte gar keine Zeit haben, nachzudenken. Konnte er mich nachher anzeigen? Wegen Körperverletzung? Vielleicht. Bestimmt war ich ihm zu hässlich. Viel zu picklig, schon wieder waren neue dazugekommen. Mist. Man sollte …

Mutter steht im Zimmer. Ich soll auch mal was tun. Schließlich kommt heute Simone zu Besuch. Oh nein, doch nicht mit Olaf! Natürlich mit Olaf. Der ist schließlich mein Schwager, und deshalb soll ich mich nicht so anstellen. Und aufhören mit der Nasenbohrerei. Sofort. Schwein.

Vor dem Hintergrund von Mutters Befehlen lässt es sich nicht weiter träumen. Ich soll mitkommen in die Küche. Und nicht so eine Schnute ziehen. Seufzend stehe ich vom Bett auf und folge ihr.

Ein Berg nasses Geschirr soll von mir abgetrocknet werden. Mein Vater sitzt am Tisch und liest die Zeitung, er blickt nur einmal kurz auf, sein Blick ist gelangweilt. Mutter deckt mit raschen und wohlkoordinierten Handgriffen den Kaffeetisch. Friedmar Franke hat auch geschickte Hände mit langen Fingern. Das fällt mir jedes Mal auf, wenn er etwas an die Tafel schreibt. Und er hat blaue Augen. Das gab hier doch mehr Tote, als die zunächst angenommen hatten, sagt mein Vater unvermittelt. Wo?, fragt meine Mutter. Na, bei dem Erdbeben, erwidert Vater gereizt und tippt auf das Papier der Zeitungsseite. Meine Mutter nickt abwesend. Mein Vater stöhnt. Meine Mutter seufzt. Ich ziehe die Besteckschublade auf und lasse geräuschvoll ein Bündel Gabeln hineinfallen. Warum deckst du denn für acht ... nein, sieben Leute, wundert sich mein Vater. Ich denke, es kommt nur die Große mit Olaf? Nein, sagt meine Mutter, meine Schwester und Klaus habe ich auch eingeladen. Mein Vater stöhnt noch Mal. Das hatte ich dir aber gesagt, rechtfertigt sich meine Mutter. Mein Vater bleibt stumm. Seine Miene ist unbeteiligt, aber seine Mundwinkel hängen jetzt etwas tiefer herunter. Meine Mutter seufzt noch Mal, schüttelt eine wohldosierte Prise Vitamin-C-Pulver aus einem Plastikdöschen in ihr Wasserglas und rührt mit einem Teelöffel darin herum. Mein Vater faltet die Zeitung zusammen und steht auf. Auf der Anrichte steht ein großer Teller, der mit einem Tuch abgedeckt ist. Darunter verbergen sich Krapfen, wie ich erfreut feststelle. Vater geht aus dem Zimmer. Der Geschirrberg ist verschwunden, alle seine Bestandteile sind wieder in Schränken und Schubladen verstaut. Danke, Schätzchen! Endlich kann ich wieder rübergehen. Halt! Kuss! Widerwillig halte ich ihr mein Wange hin. Bäh.

Sabiiine! Die Zimmertür geht auf, meine Mutter sieht gestresst aus. Ein paar Locken stehen wild von ihrem Kopf ab. Ich rufe jetzt schon zum dritten Mal, erklärt sie mir vorwurfsvoll. Ich habe nichts gehört, erwidere ich. Kein Wunder, bei der Musik! Ob das denn nötig sei, mit dieser Lautstärke, will sie wissen. Und ob das nötig ist, denke ich.

Im Flur schält sich meine große Schwester gerade aus ihrer schicken taillierten Jacke. Hallo, ruft sie mir zu. Ich hebe gelangweilt die Hand. Sie kommt auf mich zu und wuschelt mir durch die Haare. Und grinst mich freundlich an. Trotzdem nervt mich ihr Wuscheln. Sie selber hat sich jetzt eine blonde Dauerwelle zugelegt. Na ja. Ihr muss es ja gefallen. Ich spähe an ihr vorbei in den Flur. Wo war denn mein prachtvoller Schwager? War er nicht mitgekommen? Hoffnung keimte in mir auf, wurde aber von jähen Schnäuzgeräuschen, die an Fanfarenstöße denken ließen, wieder zunichte gemacht. Sie kamen aus dem Badezimmer. Die Abneigung gegen meinen Schwager lässt sich nicht erklären. Seit ich ihn das erste Mal getroffen habe, ist er für mich eine blasse, reizbare, immer etwas leidende Kreatur geblieben, die durch jede Pore Langeweile auszustrahlen scheint und die für mich scheinbar nichts anderes als teilnahmslose Blicke und belanglose Worte übrig hat. Tag, Sabine, sagt er jetzt, nickt mir zu und verstaut sein Stofftaschentuch wieder in der Hosentasche. Olaf! ruft meine Mutter, übertrieben freundlich, wie ich finde, und geht auf ihn zu. Wo ist Papa, will Simone von mir wissen, während sie ihren Schal abnimmt. Ich zucke die Schultern. Ob ich mich für Auskünfte vielleicht bezahlen ließe, fragt sie genervt. Ich strecke ihr die Zunge heraus. Sie verdreht die Augen. Hinter uns tritt mein Vater aus dem Wohnzimmer in den Flur. Ich werfe noch einen Blick auf Olaf, der sich jetzt langsam aus der Umarmung meiner Mutter befreit. Was für ein unscheinbares Etwas war er doch gegen Friedmar. Überhaupt kein Vergleich. Es klingelt wieder an der Haustür.

Tante Maria versucht zum Glück nicht, mir einen Kuss auszuteilen. Dafür aber Onkel Klaus, was mir gar nicht passt. Ich winde mich an ihm vorbei. Wie alt ist sie jetzt, fragt Onkel Klaus. Vierzehn, sagt meine Mutter. Das ist ja ein tolles Alter, meint Onkel Klaus und strahlt. Ein bisschen zu sehr, wie ich finde.

Geht doch schon mal alle ins Wohnzimmer, der Kaffee ist gleich durchgelaufen, sagt meine Mutter. Die Hände in den Hosentaschen und mit dem linken Fuß wippend bemühe ich mich, lässig auszusehen.

Meine Mutter schnüffelt. Heiner, warst du am Branntwein? fragt sie meinen Vater in strengem Ton. Der schweigt unbeteiligt. Mutters Gesicht wird wütend. Setz dich hin, sagt sie ungeduldig zu mir und weist mir mit der Hand den Weg ins Wohnzimmer.

Mensch, eure Hochzeit war wirklich so schön, schwärmt Tante Maria. Meine Schwester lächelt und guckt zu Olaf herüber, der sich wieder lautstark die Nase schnäuzt. Vielleicht ist ja auch bald was unterwegs, was?, fragt Tante Maria und bemüht sich um ein verschwörerisches Lächeln. Das Gesicht meiner Schwester wird augenblicklich ernst. Na ja, erst mal sei es jetzt wichtig, dass sie beruflich Fuß fasse. Olaf nickt bestätigend. Ich frage mich, wie meine Schwester nur mit Olaf ins Bett gehen kann. Freiwillig!! Tante Maria bleibt auf ihrer Neugier sitzen. Das gefällt ihr nicht so richtig, das kann ich ihr ansehen. Olaf erzählt, dass die Lactose-Intoleranz bei ihm jetzt manifest sei. Das habe eine Blutanalyse ergeben. Meine Mutter erschrickt. Etwas anderes als Milch und Kaffeesahne könne sie ihm aber jetzt nicht anbieten, klagt sie, aber selbstverständlich könne sie ihm eine Tasse Tee machen. Das würde er sehr gerne annehmen, sagt Olaf und lächelt schwach. Dieser Weichling! Auf die Idee, sich den selber zu machen, kommt er wohl nicht, denke ich grimmig. Ob sich das mit der Darm-Geschichte denn geklärt habe, fragt ihn Onkel Klaus. Nein, noch nicht, erklärt Olaf bereitwillig. Dazu sei eine Stuhlprobe nötig, und die müsse dann ins Labor geschickt werden ... meine Schwester legt sanft ihre Hand auf Olafs Arm. Der angeekelte Gesichtsausdruck meines Vaters ist ihr nicht entgangen. Tante Maria guckt verständnisvoll. Zum Glück gäbe es heute all diese ausgereiften Diagnoseverfahren, gibt sie zu bedenken. Onkel Klaus nickt. Jetzt kann mir auch die Erinnerung daran nicht mehr helfen, wie Friedmar Franke sich neulich über mein Heft gebeugt hatte und ich den Geruch seiner Haare hatte einatmen können. Ich sehne mich nach der Einsamkeit meines Zimmers. Meine Mutter kommt aus der Küche zurück und bringt den Tee mit. Mit devotem Lächeln stellt sie ihn vor Olaf ab, der sich gönnerhaft bedankt. Ich versuche, mir Olaf nackt vorzustellen. Seinen schlaksigen, sicher bleichen Körper im Licht einer funzeligen Schlafzimmerleuchte. Mit allen Einzelheiten. Ich muss grinsen. Als ich hochgucke, sehe ich Olafs Blick direkt auf mich gerichtet. Leichte Herablassung glaube ich darin zu erkennen. Ich fühle mich ertappt und gucke weg. Hoffentlich werde ich nicht rot. Nicht wegen dem! Das fehlte noch. Blödmann. Tante Maria erzählt gerade von ihrer letzten Urlaubsreise mit Onkel Klaus. Der lächelt selbstzufrieden.

Wie schön das alles war! Meine Mutter scheint ganz interessiert zuzuhören. Mir ist so langweilig. Ich seufze hörbar. Mein Vater sieht mich strafend an, aber nur kurz, dann guckt er wieder auf seinen Teller, wo er mit den Fingern den Puderzucker vom Krapfen zusammenfegt. Ich trinke einen Schluck Kaffee. Noch bevor ich dazu komme, ihn zu schlucken, taucht der nackte Olaf wieder in meinem Kopf auf. Ich muss lachen und verschlucke mich furchtbar. Ich huste. Meine Schwester macht Anstalten, mir auf den Rücken zu klopfen. Olafs Gesicht zeigt jetzt Schadenfreude. Mein Vater sieht irgendwie enttäuscht aus. Meine Mutter dagegen erschrocken. Onkel Klaus guckt entzückt. Ja, die Pubertät!; meint Tante Maria und lächelt mich mitleidig an. Wut kocht in mir hoch. Ich spüre das dringende Bedürfnis, aus dem Zimmer und aus der Wohnung zu stürmen. Oder meinen Stuhl umzuschmeißen und einfach zu schreien.

Immer noch wütend beiße ich in den Krapfen. Marmelade quillt heraus. Sie schmeckt angenehm süß. Immerhin etwas.

Während ich noch kaue, überfällt mich plötzlich ein Gefühl großen Friedens. Ganz unerwartet.

Simone würde auch morgen noch mit Olaf verheiratet sein. Olaf würde auch morgen wieder eine neue Krankheit ausbrüten. Vater würde sich auch morgen wieder betrinken. Tante Maria würde sich auch morgen wieder ihre Ehe schön reden. Und Mutter würde morgen wieder ihre Gute-Laune-Pillen einwerfen, um durch den Tag zu kommen.

Und ich würde eines Tages einfach von hier weggehen können. Ich lächle.

Johanna Wohlkopf, 1982 in Kassel geboren, studiert seit 2004 Geschichte, Soziologie und Philosophie an der Universität Kassel. Bisherige Veröffentlichungen: Beitrag in »Nagelprobe 17« (2000).

Eva Zink

Ich bin so frei

Wir haben gesagt, wir machen die große Tour. Zu zweit. Fast wie mit dem Rucksack. Und den Daumen raus.

Wir sind dann mal los. Weit weg. Dort, wo die Freiheit liegt. Hat Esther gesagt.

Haben gearbeitet, gespart für den Flug. Den Sprung nach *down under*. Das große Los. Das war's. Das isses gewesen. Das große Ziel. Der große Plan. Für uns zwei.

Wir wollten runter. Wir wollten dorthin. Dort, wo alles sich um die 180 Grad dreht. Und winkelt und kurvt. Mit *speed* und noch billig Benzin.

Lang waren die Stunden, aber wir waren dann dort.

Ganz alleine. Und so jung und so frei.

Das Wörterbuch war im Gepäck; die letzte Englischklasse, die saß ja noch.

Und die Adressen von der Unterkunft waren notiert.

Luschts, hat Esther gesagt. Nur wir zwei. Lustig wird's, lustig war's. Ein Abenteuer. So anders. Die Menschen, die Stadt und die Welt.

So anders. Australien eben. Nun und so heiß. Und schön.

Und wir haben sie alle getroffen, die wir sehen wollten.

Da waren noch mehr von woanders her, wie wir. Alle wollten sie nach *down under* und was sehen vom Paradies der Welt, hat Esther gesagt. *Last last nature*.

Ja, und gelernt haben wir auch ein bisschen. Ein bisschen Kultur, ein bisschen Land und ein bisschen Sprache. Und dort neue Leute getroffen. Und *parties*. Und *events* und Fahrten. Wir waren dabei.

Und da sind wir dann auch mal los. Mal los auf die Insel. Fraser Island. Das war's.

Mit dem Jeep, den 4-Wheel-Drives und nur der Tasche oben am Dach. Und Greenday als Musik. Der *driver*, der Organisator war nett. Esther lachte und hat noch ihr bestes Top mit eingepackt.

Und sie saß dann auch vorn. Den ganzen Weg und die ganze Meile.
Und noch viel weiter. Und hat Riesen-Burger mit ihm gegessen.
Ich hab nichts gesagt, nur ein bisschen an Florian gedacht. So weit weg und so zu Haus.
Und Esther hat gelacht. Sieh dir das an. Als wir drüben war'n. Und am Strand entlang mit den *drives* und der 180-Grad-Luft im Gesicht.
Und über die ganze Insel und jeden Fleck. Den See, der Regenwald und die Dingos. Die man nicht füttern darf. Und ein bisschen *banjo*, wie in echt.
Die drei Tage, ich hatte schon Sand an der Zahnpasta und im Gepäck.
Hm. Hat Esther gemacht, als ich sagte, morgen geht es zurück.
Aber am Morgen, da war es dann klar. Esther und Steve, unser Fahrer, ein Paar.
So leicht, so einfach, so frei. So frei. Was willst du, hat Esther gesagt. Das ist das Glück, das ist das Leben. Und ich bin mal so frei.
Hm. Hab ich gesagt, Esther, ich spekuliere.
Und auf dem Rückweg gab's dann wieder die Burger. Für alle und für die zwei. Und Esther, die saß vorne.
Und danach hab ich sie lang nicht mehr so richtig gesehn, denn Steve und Esther – ich sagte es schon. Hab alleine das kleine Appartement geteilt.
Und dann waren die letzten zwei Wochen, für uns hier, am verkehrten Ende. Da. Im falschen Land.
Und ich hatte genug. Genug Sand, genug Burger, genug Multikulti und genug *going easy*. Ich wollte ein bisschen Strenge, ein bisschen deutsches Flair, wieder Spießer und Tradition. Ich wollte mein Bett, echt dunkles, schwarzes Brot, Dialekt und keine 50 Meilen in die nächste Stadt.
Ein bisschen Freiheit eben. Und nichts Fremdes. Keine Tiere, die ich nicht kannte.
Frei, zu Hause – wollte ich sein.
Und ich hab dann zu Esther gesagt, du, Esther, wir müssen nach Haus. Übers Meer und über Singapur.

Und da hat sie gelacht. Und gesagt, sie bleibt, wo die Freiheit tanzt und es *barbecue* gibt. Und *sandwich cheese*.
Aber Esther, hab ich gesagt. Daheim. Und bei uns.
Freiheit – hat Esther gesagt. Freiheit. Und Steve. Ich bleib da nun.
Und lass sie schön grüßen von mir.
Aber der Flug und das Ticket. Und Mama und überhaupt.
Ich bleib dann mal hier.
So einfach, so jung, so leicht und so frei.

Und ich bin nach Hause. Zurück. Mit Rucksack und dem eingeschweißten *kangaroo*-Fleisch. So einfach, so jung, so leicht und so frei.
Und war mir so wohl, zu Hause. Und ich fühlte mich so frei.
Schön war's die Jahre daheim, hat Esther geschrieben.
Aber ich bin dann mal frei.
Ach ja, schön war's dort unten, hab ich geschrieben ... und ich bin so frei.

Eva Zink, 1986 in Amberg geboren, studiert Medienkultur in Weimar. Veröffentlichte Gedichte in: »Bibliothek Deutschsprachiger Gedichte« (2007); »Frankfurter Bibliothek – Jahrbuch für das neue Gedicht. Gedicht und Gesellschaft 2008. Das Erbe. Das Zeichen« (2008); »Die Literareon Lyrik-Bibliothek. Band VIII« (2008).

Sven Safarow

Letzte Chance

Katelbach sah erst auf den müden Haufen vor ihm, dann auf die Uhr. War er deswegen 68er gewesen? Um jetzt vor einer degenerierten, fernsehgeilen neunten Klasse zu stehen und sich zum Affen zu machen? Hatte er tatsächlich dafür gekämpft?

Unter den Talaren ... was auch immer. Hier im Raum 208 war der Muff mindestens genauso schlimm.

»Herr Katelbach! Herr Katelbach!«

Er kannte diese Stimme nur zu gut. Nina Johann. Eine unsagbare Schwätzerin.

»Ja, bitte.«

»Ich wollte die Hausaufgaben vorlesen.«

»Nur zu.«

Dabei war er kein schlechter Deutschlehrer. Das wusste er. Er hatte die Fähigkeit und den Willen, wobei dieser ihm in letzter Zeit enorme Schwierigkeiten bereitete.

»In Heinrich von Kleists berühmtem Essay ›Über die allmähliche Verfertigung der Gedanken beim Reden‹ versucht der Autor ...«

Er hatte jetzt schon keine Lust mehr.

Je länger er Nina Johann zuhören musste, umso klarer wurde die Tatsache, dass er den Zug Richtung »glückliches, erfülltes Leben« endgültig verpasst hatte. Er hätte nach Mexiko fahren sollen, als er die Chance dazu hatte. Henkel hatte es gewagt. Er erinnerte sich genau an seine Worte: »Deine letzte Chance, Katelbach. Denk darüber nach.«

Er hatte nie aufgehört, darüber nachzudenken.

»... deshalb finde ich Kleists Aufsatz sehr gut ...«

Scheiße. Er erinnerte sich an die berühmte Rede Captain Americas aus »Easy Rider«: »We blew it« – wir haben's vermasselt.

»Okay, Leute.« Katelbach stand auf. »Ihr mögt mich nicht – ich mag euch ebenso wenig. Also seien wir ehrlich: Wir haben uns nichts mehr zu sagen.«

Entgeisterte Gesichter. Verhaltenes Lachen. Rote Köpfe.

»Ich werde jetzt gehen. Ich weiß noch nicht wohin. Oder wie. Aber ich werde es jetzt tun. Also keine Angst – wir sehen uns definitiv nicht wieder.«

Er packte seinen Kram zusammen – und lächelte: »Wisst ihr, was euch Kids fehlt? Ihr seid leidenschaftslos. Ihr wollt nichts. Weil es euch ja so unglaublich gut geht.«

Eisernes Schweigen. Begründet auf Irritation, Wut – vielleicht Resignation. Er trat aus der Tür und blickte nicht zurück – ein starker Abgang.

Er stieg ins Auto, legte seine Steppenwolf-Kassette ein und fuhr los.

Er entschied sich für Italien. Um wieder Mensch zu werden.

Doch er kam nicht mal aus der Stadt raus. Kein Benzin mehr.

Er verschob die Aktion – auf unbestimmte Zeit.

Sven Safarow, 1986 in Moskau geboren, studiert Germanistik, Anglistik und Musikwissenschaft in Wiesbaden. Bisherige Veröffentlichungen: einige Kurzgeschichten in zwei Anthologien; Veröffentlichung der Kurzgeschichte »Mein Berlin« in der »taz«; Kurzgeschichtensammlung »Das Haus der Königin« (2007).

Inhalt

Preisrede von Antonia Günther 7

Hauptpreise

Markus Simon · *aber was kommt, was kommt* 13
Sebastian Dorn · *Karl* 14
Clara Ehrenwerth · *Nach dem Sex mit Vicky* 16
Alice Kerpen · *Der Löffel* 19
Peter Neumann · *Es war* 22
    · *Ernst-Abbe-Sportfeld* 24
    · *Auf der Marienbrücke* 25
Kathrin Link · *Weg* 26
Daniel Kroiß · *Unter Verdacht* 33
Anna Schewelew · *Es gibt für uns keinen Park* 38
Nina Kluge · *Von Mutter zu Tochter* 39
Jana Ufermann · *Inge* 46
    · *Suse* 47

Autorenwerkstatt

Lisa Bendiek · *Zähne ziehen* 51
Sara Heristchi · *in der nähe vom stadthafen* 55
Olga Erbe · *Emigration, Integration, Frustration* ... 57
Katrin Pitz · *weder ganz noch kaputt* 62
Simone Schröder · *Weihnachten* 63
Isabel Teschke · *Stadtbild* 65

Weitere Preistexte

Florian Balle · *Linkshänder* 71
Jasmin Bill · *Wir sind doch alle gleich!* 72

Lena Hammerschmidt · *Im Bett* 75
Jan Lindner · *Nur zu Besuch* 77
Annemarie Michel · *Das kalte Herz* 78
Katrin Marie Merten · *Krista* 80
Sarah-Loreen Naumann · *Einlass* 84
Lara Bernhardt · *Im Studentenwohnheim* 87
Jürgen Binias · *Die schwarze Rose* 89
Silvia Orth · *Ich – Unsichtbar* 91
Simone Unger · *Übungen* 97
Lea-Maraike Sambale · *An dich* 100
Markus Sehl · *Vor dem Eintauchen* 103
Johanna Wohlkopf · *Küsse* 109
Eva Zink · *Ich bin so frei* 114
Sven Safarow · *Letzte Chance* 117